江戸のヒットメーカー
――歌舞伎作者・鶴屋南北の足跡

津川安男・著

ゆまに学芸選書
ULULA
7

ULULA：ウルラ。ラテン語で「ふくろう」。学問の神様を意味する。
『ゆまに学芸選書 ULULA』は、学術や芸術といった様々な分野において、
著者の研究成果を広く知らしめることを目的に企画された選書です。

色　悪

『東海道四谷怪談』（歌舞伎座、昭和54年９月）

民谷伊右衛門＝市川海老蔵（十二代目団十郎）

お岩＝中村歌右衛門（六代目）

悪　婆

『お染久松色読販』（歌舞伎座、昭和63年12月）

土手のお六＝坂東玉三郎

幽　霊

『天竺徳兵衛新噺』（歌舞伎座、平成元年７月）

小幡小平次＝市川猿之助（二代目市川猿翁）

写真撮影・吉田千秋　　協力・松竹株式会社

目次

江戸のヒットメーカー

——歌舞伎作者・鶴屋南北の足跡

まことはうその皮　うそはまことの骨
まよえばうそもまこととなり
さとればまこともうそとなる

——大田南畝——

プロローグ

中国に「接収美学」という言葉があると、別の機会に述べたことがある。

「接収」とは「まず理解すること」で、それが作の評価につながるという。古典をクリーニングして新しい社会にとって意味があるかないかを探る作業なのだろう。

ひとつの舞台を映像化して電波にのせるかどうか、また、どういうかたちで取りあげるかを仕事にしていた私にとっても、「接収」は欠かせないプロセスだった。

レンズの向こうにあらわれる、南北という江戸の奇才が編みだしたユニークな光景。

たとえば……。

浪人が住まいする鳥越のわびしい裏長屋。借金取りが来ても持って帰るものがない。めしを炊く薪がないので畳をあげ根太（ねだ）を燃やすほどの貧乏暮らしで、天井の梁に盥（たらい）を吊るして雨もりを防ぐ始末。

そこへ、華やかに着飾った吉原の花魁の一行が訪ねて来る。貧しい長屋と花魁の一行の何とも場ちがいなコントラスト。

と思えば、鳴物の太鼓が打つ川音がひびくなか、川面を流れてくるのが鎌がささった髑髏と卒塔婆。棺桶から飛び出してくる生きかえった死者。仏壇のなかからあらわれる幽霊。

それらの超現実的な光景や人の力が及ばない不思議を、ただそれが南北流なのだと「接収」していたわけだが、ときおりあれはいったい何なのだろうと記憶のなかからよみがえるに足るインパクトをもっていた。

その一方、世話物に下駄の歯入れや薬売り、芸者、船頭、大工といった町人たちの営みを微細なところまでリアルに描き、浅草や両国広小路の見世物や寄席の芸など、当時の江戸をそのままに取りいれる。感覚的にあい反するようなシュールなものとリアルなものとが、対立せずに芝居の「はなし」に収まっている。江戸の芝居としてはあたりまえの感覚が、謎のように映ったものだった。


南北が旺盛な創造力を発揮したのは文化文政（一八〇四〜一八三〇）、まとめて化政期といわれる時代にすっぽりとはまる。

そのころ舞台で人気だったものに変化舞踊がある。一人の役者が三つ、五つ、七つと小品を連ねて踊る。いまはそのひとつを独立した踊りとして演じられることが多いが、たとえば、越後獅子の角兵衛が衣裳を引き抜くと鳥追いの女になり、華やかな傾城が田舎坊主になるという風に、早替りですがたを変えて踊るものだった。役者は軽い身のこなしでリズミカルに踊る。はじめて変化舞踊に接したときは、そのころ立てつづけに来日したアジア、西欧の舞踊に劣らないムービングな身体表現があることに気づかせられた。

古くは妖怪がすがたを変えて踊る変化物だったというが、それに路傍で見かける芸人や坊主、鳶の頭、江戸娘などの写実を取りいれるほど、町の情景が人の目を惹きつける新鮮さと輝きを見せるようになったのだろう。

舞踊の作詞が得意でなかった南北は、そのかわり、日常の事件や話題をたびたび世話場に取りいれ、江戸の市井を舞台上に再現した。

リアルな描写があり怪奇な現象がある。想像力のおもむくままに可視化された芝居は、南北という狂言作者の特徴として江戸の爛熟した文化のシンボルのようにいわれ、時には低俗だ頽廃だといわれることさえある。しかし、それがこどものころに見た絵本のような不思議に満ち、異空間へいざなう魅力をもっているのを見逃すことはできない。

写実と超現実とを混然と同居させて、しかも別段、矛盾を感じさせないこの不思議な感覚はどこから生まれたのだろう。はたして南北の身にそなわった、南北ひとりのものだったのだろうか。そうではなく、世の中の一定の広がりのなかから生まれたものではないかと思ったのが、南北の足跡をたどってみるきっかけになった。

文化文政という時代は、蕎麦屋の数まで制限するような寛政の改革が吹き荒れたわずか三年後にはじまっている。町人たちが強い抑圧から解放されて、ほっとした空気が流れた時期である。江戸のゴールデンエイジは過ぎ去り、やがて来る幕末の予兆が見られる時代でもある。ロシア、アメリカ、イギリスの異国の船が近海にすがたをあらわし、通商を求め長崎湾内に侵入したりと、幕府はかなり神経をとがらせていた。かつて経験したことのない未知の訪れが、間ぢかに迫っていた。

しかし、江戸の芝居町に緊迫した空気はいまだない。

人々は最大のエンタテインメントである芝居の評判にさわぎ、芝居小屋の看板を見上げて期待を寄せた。

江戸の巷で「都座に過ぎたるものが二つあり。延寿太夫に鶴屋南北」とはやされたことがある。このフレーズには、江戸の人々の芝居に寄せる期待と、同時代人としてともに生きている共感が感じられる。「過ぎたるもの」とは、たんに才能への称賛だけではない、感性の共有をも指しているように思えてならない。もうひとりの「過ぎたるもの」は富本を見かぎって清元を創始した延寿太夫。その美声は広く愛されたが、芝居を終えての帰途、何者かに襲われ殺されてしまう。「過ぎたるもの」の悲劇だった。だが、幸いなことに南北にそうした悲劇は訪れなかった。

さて、南北の「過ぎたるもの」とはどんなものだったか、なぜ当時の人々にあくなき人気を博したのか、等身大の南北の足跡をたどってみたい。残念ながら細密画とはいかず、素描に近いものになるかもしれないが、京都三条から江戸の鈴ヶ森まで東海道を数時間でかけぬける南北作の『独旅五十三駅』のような急ぎ旅である。

一　作者修業

鶴屋南北が江戸の世間で広く知られるようになったのは早くはない。狂言作者として長い修業の月日を送り、老年といえる年齢になってからだった。

江戸一の文人といわれた大田南畝（蜀山人）が、「葺屋町の作者、勝俵蔵はむかし鶴屋南北といいし道化方の子なり」（『玉川砂利』）とわずか一行のメモを残したのは文化六年、南北はすでに五十五歳になっていた。

勝俵蔵（かつひょうぞう）というのは南北を襲名するまでながらく名のっていた作者名で、四代目南北となったのは、文化八年五十七歳の年である。メモにある鶴屋南北とは、道化方の役者をしていた三代目のことで実の父ではなく、女房の父親である。

生まれたのは芝居町のすぐそばにある乗物町。その名のとおり、江戸の町になくてはならない駕籠や輿をつくる。「駕籠に乗る人、かつぐ人、そのまた草鞋をつくる人」の町である。

若いころは芝居の幕内で「紺屋の源さん」と呼ばれていたという。家が乗物町の海老屋という紺屋で、父は伊三郎といい、染物の型付けをする職人だったから「紺屋の源さん」である。源さんには兄がひとりいた。家業を継ぐのは常識的には長男、次男は兄のもとで職人になるか他家へ養子に入るか、それとも自分の生きる道を模索するか。気楽な身分だが将来の保証はない。

実家のすぐそばにある芝居町は、いまの人形町の界隈で、江戸三座のうちの二座、中村座と市村座（図1）がおなじ通りにならんでいた。俵蔵が「葺屋町の作者」と呼ばれたのは、堺町の中村座のとなりにある葺屋町の市村座に、そのころつとめていたからである。

江戸のもうひとつの芝居町は銀座界隈の木挽町に森田座があった（山村座は絵島生島の事件で廃座になった）。

中村座、市村座がならぶ芝居町の北側に楽屋新道という通りがあり、名のとおり役者や裏方が出入りする楽屋口がある。そのさらにひとつ北側が源さんが生まれた乗物町である。あたり一帯に芝居小屋をはじめ、操り人形、見世物の小屋があり、それをとりまくように、芝居茶屋、こども屋、商家などがひしめいて、いつも賑わいを見せている。

あたりを満たす人々の声や物音が源さんの揺籃だった。

朝から夜まで雑多な人間が往来する界隈には、盛り場特有の猥雑さが満ちている。夢や学問といったことより、今日明日の暮らしの機微を人々は追いもとめる。

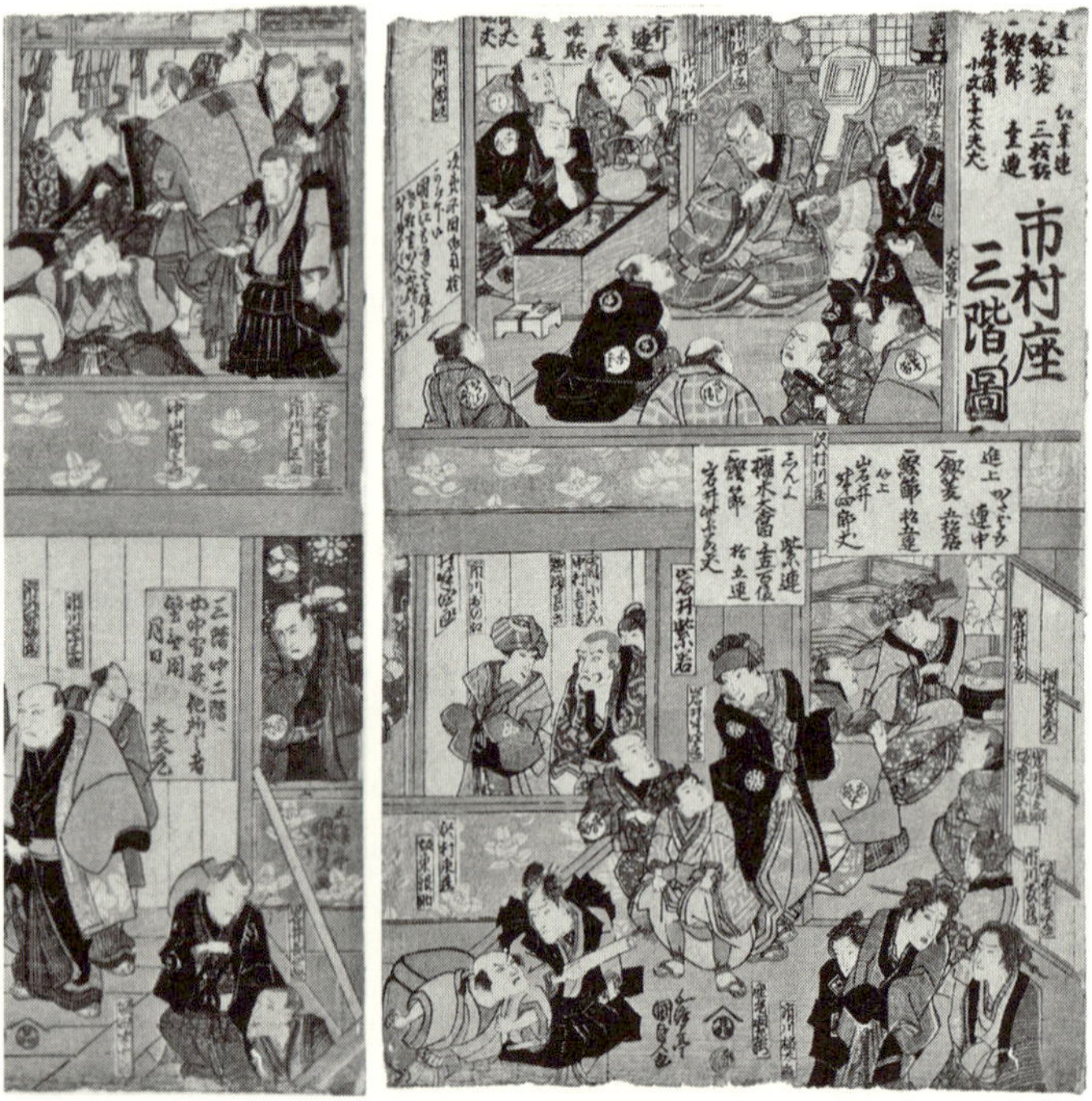

のベテランから立役の市川団十郎、女形の岩井半
ックに中二階から階下を見下ろしているのが狂言
振舞いをするので、当日は芝居がはねたあと残っ

図１　「市村座三階ノ図」　早稲田大学演劇博物館所蔵
五渡亭国貞が描いた市村座の楽屋風景。坂東三津五郎、坂東彦三郎
四郎ら当代の人気役者が顔をそろえている。中央の図、のれんをバ
作者の鶴屋南北。緑の着付に茶の羽織である。顔見世が大当りで、
てほしいとのはり紙がある。

若いころ育った場で身についた感覚は一生はなれないものだ。芝居町や盛り場で身につけた感覚が、のちの南北に与えた影響ははかりしれないものがあっただろう。

芝居町の西には、日本橋川へそそぐ運河に親父橋、思案橋といった橋がかかっている。源さんが生まれるよりずっと以前、遊廓の吉原は浅草へ移転させられていたが、その名残りの橋である。思案橋とは、客が吉原へ遊びに行こうか行くまいか思案した橋だという。

狂言作者をめざして見習いになったのが、一応、安永五年（一七七六）二十二歳のころとされる。なぜ、何がきっかけで芝居の世界に入ったのかくわしいことはわからない。記録もなければ自他ともに証言もない。人をおもしろがらせるのが得意で、利発な性格が芝居に関係するだれかの目に留まったのかもしれない。作者見習いになるには保証人を立てて弟子入りの一札を入れなければならないから、あいだを取りもつ仲介者がいたにちがいないと想像される。

若い源さんを待ち受けていたのは独特の世界である。

見習いとして芝居小屋に通うのだが、いったん立作者（たてさくしゃ）の内弟子となって雑用をし、台本を写したりするケースもあったという。日の短い季節なら夜明け前には人気のない芝居小屋に入り、火をおこし、湯をわかし、目上の作者のために茶を出したり、使いに出たり、すべての雑用をこなす。きまった居場所もなく、仕事の合間はお囃子さんの雑然とした部屋の片隅などで、ほっと息をついた。すこし慣れて、人間関係やら芝居のことがわかってくると、稽古を仕切る狂言方（下位の作者）について、台本の読み方を教えられ、役者のためにセリフの書き抜きをこしらえたりした。見物がほとんどいない早朝にやる幕に、その他大勢の即席役者として舞台に出ることもある。芝居がはねると、また山のような後始末が待っている。息つく暇なしの毎日に明け暮れ、習いおぼえた柝を打つ音がよくひびくようになると、やっとわずかな給金にありつけたという。

近代の文豪・永井荷風は日本趣味で、三味線をならったり、一時、狂言作者を志したこともある。書きのこされた見習いの日常は、文明開化の世になってからも似たり寄ったりだったようだ。新進の小説家だった荷風は、幕内のことを公表しないと約束して見習いになったのだが、雑誌に内情を書いてしまったため、しばらくたって辞めざるを得なくなったらしい。

源さんは見習いになった翌年、二十三歳のとき中村座の顔見世で、桜田兵蔵という作者名をもらい、はじめて芝居番付の末席に載った。

桜田治助は当時の大作者で、明和、安永、天明といったゴールデンエイジに数十年も立作者をつとめた。その治助からもらった名であるが、しかし三年ほど修業したあと、なぜか桜田兵蔵の名を返上して、沢兵蔵となる。師匠から与えられた名を自分から変えるわけがないから、師匠の怒りを買うようなことでもあったか、何らかの事情があったにちがいない。このころ一時、休座したともいわれ、作者を断念しようとした可能性もなくはない。思案橋の上には、作者をめざす若者の迷いの風が吹いていた。

天明二年、二十八歳で三たび改名して勝俵蔵という作者名になり、その後の長い道のりを歩いていく。

見かけは華やかな芝居も、なかに入れば独特のしきたりや厳しい上下関係があり、生半可な世界ではない。芝居小屋には表方、裏方あわせて数十人がはたらいており、芝居茶屋などの関係者まであわせると、百人を超える人々の個々の思惑がある。

入門した翌年には人気役者のとんでもないいさかいを目の当たりにした。師匠の桜田治助の作である『伊達競阿国戯場(だてくらべおくにかぶき)』が、伊達騒動を背景に、高尾太夫と累(かさね)の姉妹を描いて大当りだったときのこと。座頭(ざがしら)の市川団十郎（五代目）が、共演者の松本幸四郎（四代目）や岩井半四郎（四代目）の悪口をいいたてた。舞台上から客に向かってである。表も裏もさぞびっくりしたことだろう。この不祥事で客席も楽屋も大さわぎになり、ただちに幕が引かれ、芝居はお開きとなった。

新入りの見習いなどにくわしい事情がわかるわけはないが、団十郎が舞台上から他の役者を非難したのはまぎれもない。この事件で、中村座の座元・勘三郎は、すぐさま団十郎を退座させることにした。桜田治助、笠縫専助ら一座の狂言作者も影響をこうむり、幸四郎らとともに市村座へ移ることになる。まだ作者ともいえない桜田兵蔵がそれに従ったのは当然のことである。

芝居の内側にはきれいごとではすまない人と人とのあつれきがあり、作者たちがそれに左右され、翻弄される事態になることを源さんは身をもって知った。

その後も長い修業時代がつづく。紺屋の倅には人気役者とのつながりもなく、旧い芝居やもとになる原典についての深い知識があるわけもない。チャンスは一向に訪れなかった。

ただ、日常のふるまいや言葉のやりとり、機敏な仕事ぶりが見込まれたのか、道化方の鶴屋南北（三代目）から娘のお吉を嫁にどうかという話があった。役者との縁がつながったのはよかったが、貧乏暮らしがそれで解決したわけではなく、嫁に迎えてからも米を買う金に困って蚊帳を質に入れたり、また岡場所での遊びがばれてお吉とけんかになったエピソードが残っている。楽屋ばなしで仲間におもしろおかしく話したのが筆にされてしまった。

年上の女房のお吉とは、一男二女をもうけた。


謎の絵師・写楽の浮世絵が世に出たのは、寛政六年から七年にかけてである。そのころ勝俵蔵こと南北は四十歳になっていたが、地位としてはいまだ三枚目、四枚目の作者であり、やっと作者として認められるかどうかの立場だった。しかし、芝居を題材にした役者絵を精力的に描いた写楽の正体を、あるいは俵蔵は知っていたかもしれない。

のちに立作者になってからも、自身のことについて南北は寡黙である。旺盛な創作力で残した芝居については、あり余るほどの世評がなされているが、人物像を伝えるものは、折にふれて話したごく断片的な事柄やエピソードにすぎない。水に浸せば人物イメージが浮かびあがる玩具のようにはいかない……。

芝居の一座には、数人から多いときには十人を超える狂言作者がいた。江戸三座を合計しても二十数人程度。大江戸の職業としてはかなり特殊なものである。実際に台本を書くのは立作者と呼ばれるトップの作者以下数人で、下位の者や見習いは狂言方として、舞台の段どりをととのえたり、役者の手伝いなどの雑用にまわる。

作者グループは、出自もちがえば素養の程度もちがう者の寄りあい所帯である。町人はもとより、武士の出もいれば僧侶の出もいる。江戸の身分社会をはみだした者たちといってもいい。見方を変えれば、身分などどうでもいい一種のフリーゾーンである。

さまざまな作者がいた。

当時、立作者のひとりだった中村重助は大酒飲みで、隅田村の古びた百姓家に住んでいた。俵蔵があるとき用事を頼みに行くと、途中で徳利を下げて酒を買いに行く重助と出会った。ともに家へ戻り、重助が書面をしたためようとすると硯に水がない。そこで重助はつばを吐いて墨をすりしたためたという。狂言作者という言葉から受ける格調とは、月とスッポン。

ひところ南北のライバルだった篠田金治は旗本の次男だったが、廓遊びで金に困り、隣家の庭に咲く蓮の花をなにがしかの金にしようと盗んだところを捕まった。内聞にすませてもらったが家を追い出され作者になったという。

やはり立作者のひとり本屋宗七は亀戸の社家の息子で、蔵から宝物を持ち出し、売ろうとしたが途中で反省しもとに戻したらしい。本人の言だから戻したのかどうか定かではない。

いずれも南北がつきあった作者たちだが、いわば江戸の「遊蕩者の捨てどころ」といったところ。このフリーゾーンは「風儀が悪い」ことでも有名だった。ただ、裕福な家の出身だと、作者仲間からせびられるのでわざと勘当扱いにしたのだともいわれる。

しかし、のちに南北の下で作者をした三升屋二三治（みますやにそうじ）の実家は蔵前の札差、つまり武士の俸禄である米を売買して金に換える江戸でも有数の大商人。人もうらやむ裕福な家である。母がひいきにしていた団十郎とつきあいがあり、芝居好きが嵩じて作者になった。南北が若いころ「紺屋の源さん」と呼ばれたと記したのはこの人である。育ちからいって相応の素養があったようで、作者が身につけるべきものとして、和歌、俳諧、謡曲をはじめ江戸の名所案内まであげている。自身かなりの筆まめでもあり、当時の狂言作者についての著作のほか、育った蔵前の札差のいわゆる「通」の風俗なども書きのこした。

楽屋ばなしも書きのこした。

……南北が江戸の端とはいえ田圃の広がる村だった亀戸へ引っ越して早々に、近くの川が溢れ、床上浸水の災難にあった。その始末に追われるところへ、今度は筋向こうの家から出火して、火事さわぎになり、肥えたごの水までかけたので臭くて閉口したという。この話を、二三治は「水難水難」と洒落てみせた。

……たまたま風邪をひいて寝ていた南北のもとへ、突然、頼んでもいない医者がやってきた。しかも身分の高い者を診る御典医だという。恐縮して起き上がり診てもらったのはよいが、お付きの者に要求されてけっこうな謝礼を払わされ、南北はしぶい顔をした。じつは、裕福な出である二三治が知り合いだった医者をいたずら半分に寄こしたのである。悔しい思いをした南北は、二三治とつきあっていた茶屋の女との連名を入れた提灯をつくらせ、みなに吹聴して仕返しをした。

むろん南北がおもしろおかしく誇張して話したものだろう。事実に色をつけて話をおもしろくするのは、狂言作者のお手のものである。

ともかく楽屋ばなしはだいたいが「うそ」をつくるプロが話したものだから、半分はジョークと見た方が無難かもしれない。しかし、なかには和漢の深い知識をもつ者もいたので、狂言作者は「お狂言さん」と呼ばれ、武家出身者のいる「お囃子さん」とともに一目おかれていた。こうしたはぐれ者に囲まれて、源さんは徐々に芝居の知識を身につけていき、やがて大芝居狂言作者の一角を占めるようになる。

夜明けから日暮れまで終日かけてやっていた当時の芝居は、長い台本が必要で、数人の作者が手分けしてつくる。この合作システムは、はじめごく物理的な理由から生まれたのだろう。かぎられた時間で台本をつくるには複数の作者が必要だった。元禄のころ、近松門左衛門の晩年には、人形浄瑠璃ではやくもこのシステムができていたという。『仮名手本忠臣蔵』『義経千本桜』『菅原伝授手習鑑』などの名作も、いずれも近松の息のかかった作者たちが合作したもの。江戸の芝居もこのシステムを受けつぎ、南北のころにはすでに確立していて、ごくあたりまえのことだった。

立作者を中心に相談して芝居全体の共通認識ができると、各作者はわりあてられた幕に専心する。各幕の作者はトップである立作者とのコミュニケーションが欠かせない。大枠からはずれた突飛なことを書けば、芝居の全体がくずれてしまう。ある程度、個性を発揮できるのは、あくまで立作者が考えるトータルイメージにたいする理解があってのことである。役柄や筋、そして芝居のしきたりを損なうことなく、役者の仕どころ、見せ場をうまく盛りこむのに腐心する。

考えてみると、合作は長い台本をつくるための便宜上のシステムだったにちがいないが、それだけではないようにも思える。私たちには、相手の出方を見て何かを感じとり、それを利用してさらに発展させ、飛躍させるといった相対的なものづくりを好む面がある。

たとえば俳諧は、一座の人々が一定のルールに従って、前の人が詠んだ句につぎの句をつけ、句のもつ空間を発展させていくという遊びだった。「他と同じものではない、だからといって他と別のものでもない個々の存在、というものが生まれ、それが生れることによってはじめて、それらが〈連なってゆく世界〉が出来上がる」（『江戸の想像力』）。

芝居の合作システムが定着したのは、独特の「手渡し」のものづくりが好まれたからではないだろうか。若い作者に機会を与える機能を含みつつ、各幕が独立しながら連なっていくチームワークの作劇法が、独特の生産様式として根づいたのだと思われる。

江戸の町には「連」と呼ばれるものがたくさんあった。狂歌の「連」、茶番の「連」など。同好の人があつまる「連」と、プロフェッショナルな芝居作者グループとをそのまま同一視することはできないが、ものづくりの方法論として、一座が集うなかで自分の役割りをこなし、全体としてのかたちをつくっていく。お互いがひびきあい連なるのを喜びとする点で、共通するものが感じられる。主人の立てた御手前をまわして味わう茶会なども類似点があるだろう。歌舞伎にはアジアの他の国の芝居との共通点がいくつも見出せるが、このような合作システムは稀有で、おそらく西欧にも例がないにちがいない。

二 〈おかしみ〉の作者

源さんの名が、番付にはじめて載った安永は、小姓から出世した田沼意次が老中として江戸を支配しはじめた時期である。各地で大雨、大風、大火など災害がつづいて、年号を安永に変えたのだった。その前が明和である。

二十七歳になる大田南畝は「年号は安く永くと変われども　諸式高直いまに明和九」と詠んだ。「明和九も昨日を限り今日よりは　寿命ひさしき安永のとし」との落首（らくしゅ）も出た。考えることはおなじ。物価が上りつづけるインフレの時代は「めいわく」なのだ。

うたに人々の気持ちが込められている。

芝居は人々の何よりの慰めであり、江戸を通じての最大のエンタテインメントなのだが、何ぶん多額のコストがかかる。そのせいで節約本位のデフレの時代よりもインフレの時代があっているらしい。海の向こうの中国でも、インフレの時代には芝居が栄え、景気の悪い時代には金のかからない漢詩が盛んだったという。

　ゴールデンエイジをむかえようというこの時期、江戸も上方も芝居町は大いに盛りあがり、いまも上演される名舞台がいくつも生まれている。

　大坂で伊達騒動をもとにした『伽羅先代萩（めいぼくせんだいはぎ）』がヒットし、それを背景に、源さんが入門した翌年、師の桜田治助がつくったのが例の『伊達競阿国戯場（だてくらべおくにかぶき）』である。

　お染久松の「はなし」が大坂で『新版歌祭文（しんぱんうたざいもん）』になったのもこのころで、のちに南北は大ヒット作の『お染久松色読販（そめひさまつうきなのよみうり）』をつくる。

　安永のすこし前、平賀源内は江戸ことばで人形浄瑠璃『神霊矢口渡（しんれいやぐちのわたし）』を書いた。西の文化がしだいに東へ移った時期だったのがうかがわれる。

　師の桜田治助のもとをはなれた新米の作者は、中村重助に付いたり、曽根正吉に付いたり、その時々の立作者のもとで修業をつづけた。やっと小幕を書かせてもらえるようになったのは安永のあとの天明の中ごろではないかと思われる。

　芝居は早朝からはじめて、一日かけて陽が落ちるころまでやる。雨などで場内が暗いときや夜の場面などは百匁ローソクを灯す。季節や天候に左右され、自然とともにあるのが当時の芝居だった。火事で芝居小屋が焼けることもしばしばあり、そのたびに普請しなければならない。

　朝一番にやるのが、「序開き」や「二ツ目」などといわれる小幕である。俵蔵のような若手が担当し、勉強をかねて書く。といっても台本などはつくらず、セリフや何をどうやるかを口立てで役者に伝える。役者も団十郎、幸四郎といった人気役者が出ないのはむろんで、人数が足りないときには作者まで一役かうことすらあった。

終わればそれでおしまいである。いかにして見物の心を捉えるか、修業をかねたその場かぎりの興趣にすぎない。芝居の本筋がはじまるのは、三立目（三幕目）からである。

ところが若い俵蔵の書いた小幕のひとつがたまたま後世に伝わった。南北より若い戯作者の為永春水が、『祝風呂時雨傘（いわいぶろしぐれのからかさ）』という「はなし」のなかにたまたま書きとめたからである。江戸の巷の色恋を描いて人情本の元祖といわれた春水は、年からいって、俵蔵の小幕を自分で見て書き写したとは思えない。貸本に載っていたか、だれかが興味本位で写したものが目に留まったか、大方、そんなところだろう。

……そこは豊前国、田ノ浦早鞆の磯である。

鳴物の太鼓が波音を打つと、鯨を仕とめた若い漁師たちが出てきて大漁を祝う。

大勢「ヤレヤレヤレ、おたがいにご苦労であったなあ」

▲「しかし皆がくたびれる程、働いた代わりには、まずこの浦へ華々しく、お客とともに引きよせ

た大鯨」
●「それよなあ。内裏の沖から見つけだして、津々浦々の漁船に、負けぬ気性の一の魚銛」
×「この里ばかりか七里が、うけに入った大仕合」
△「これから大漁大入と、当りつづけの豊年祭」
(そこで網元の家で祝い酒を飲もうといいあい)
×「アハハハ。一の銛の浦祝いに、どうぞい、娘でもなア。」
△「つき当てたいとは欲の上もり、一の銛よりむずかしい。」
■「二三の銛を飛び越して、まあその願いは止しに四の銛。」
▲「五の銛突いたは柳ヶ浦、何ぼ素直な娘でも、まあ此方等ではお断り、それより身分相応に、酒と碇を下すがいいわな」(改字は筆者)

若衆たちのセリフが洒落っ気のあるやりとりから卑猥なところへ落ちて、ガヤガヤと引っこむと、ここから意外な展開となる。

ト書きでは、「正面の鯨の脇腹を、壁を切破るやうに切り破って出る者あり」。

鯨に見立てたのが、一面に張った「黒き双紙の紙」である。見立ては江戸人の得意とする手法だが、黒い反古紙が鯨とはいかにも無邪気である。

百日鬘の海賊が、紙を破って出てくる。手には天冠と白衣をもっている。この宝物は、源平の合戦に敗れたとき入水した幼い安徳天皇のものである。海賊は鯨の腹から手に入れた宝物を元手に一旗あげるつもり。

「平家の残党を味方につけ、栄華をなすは心の侭、大願成就かたじけねえ」と行こうとすると、そこへ海女の娘が出る。

行かせまいと割って入り、宝物が人の手から手へ移る「だんまり」となる。

これがいまでも時たま上演される『鯨のだんまり』で、セリフに▲や●がついているのは、その場になってみないとどの役者がしゃべるかわからないからである。

春水が注目したのは、会話の気合の良さや鯨の腹から天皇の宝物を手に入れたという発想だろう。童話の『ピノッキオ』を思いうかべる人もいようが、カルロ・コッローディが『ピノッキオ』を書いたのは一八八一年、この一幕よりおよそ百年もあとのことである。だれも想像しない破天荒な着想だった。

ただ、鯨という大きな魚（とだれもが思っていただろう）のことは、当時でも意外によく知られていた。ときおり江戸湾の品川沖あたりにもあらわれ、享保十九年、南北が生まれる以前だが、捕れた鯨の見世物が人気を呼んだことがある。両国広小路が見世物の名所になったのはそれがきっかけだという。

宝暦十年には、紀州の薬屋、梶取屋治右衛門が『鯨志』という本を出し、十四種類の鯨の姿や特徴を書いている。また南北がすでに大作者になっていた文政三年に、見世物になった「ゴンド（ごんどう）鯨」の絵には、長さ三間五尺余、高さ四尺五寸と寸法まで記録されている。

若い俵蔵も鯨のことはよく知っていたにちがいなく、象、駝鳥といった珍獣の見世物にも子どものころから心をときめかせていたのだろう。のちの作にも少年のころからの見世物好みがうかがわれる。

当時、立作者だった金井三笑が『鯨のだんまり』を見て、「立作者の才あり」とほめたとも為永春水は記している。若い作者にとって立作者がつとまるといわれるのは、最高のほめことばである。作者見習から狂言方となり、三枚目、二枚目と上ったとしても、だれもが立作者になれるわけではない。まして時代を担う立作者になるには並みではない実力と運が必要だった。

戯作者は平気で「うそ」を書くが、朝一番の小幕を三笑が見たと断言しているのだから、ほんとうに見たのだろう。桜田治助とともに当時を代表する作者だった三笑は、南北と縁が深い人でもある。二十二歳の若さで、親から中村座の帳元（支配人）を継ぎ、座の経営から役者の取りたてまで仕事すべてを巧みにこなす才覚を示して「上もなき一人」といわれた。

しかし、帳元にあきたりない三笑は、後妻の仲人をして親しい団十郎（四代目）付きの作者へと転身し、『江戸紫根元曽我（えどむらさきこんげんそが）』などのヒット作を出す。三笑という作者名も、団十郎家の三升の紋をもじったと思われる。

源さんが入門するわずか前のこと、三笑はわが心中を団十郎にもらした。「中村座の跡目、伝九郎は子と死別して継ぐ者がいない。養子を迎えるのなら、代々家紋もおなじ当家の子をどうか。立場上、座元に直接いえないので、口添えしてもらえまいか」と頼んだ。

ところが団十郎はいったん承知したが、座元に会った折りに「このような者を抱えていてはいずれ大さわぎが起きるだろう。早速、暇をとらせては」と進言したという。わが子を養子にして、中村座の跡目を奪う魂胆だと解釈されたのだった（『秀鶴日記』）。

権威ある団十郎の言葉で、中村座を追われた三笑は、市村座を中心に作者業をつづけたが、役者をめぐるいざこざからまたも騒動が起き、ついに芝居の表に立てなくなった。ふたたび中村座へ呼ばれるまでには十年以上の月日が経つ。

源さんが入門したのは、三笑が事を起こした時期である。

三笑は市村座の近くに金井筒半九郎というこども屋を経営していた。年端のいかない子どもを酒席にはべらせる家で、衆道（しゅどう）ともつながる。芝居町にはたくさんのこども屋があった。ときおり芝居の舞台に出る子どもはとくに「舞台子」と呼ばれ、成長して名のある役者になった者もすくなくない。のちに出てくる南北と縁の深い尾上松助も三笑のこども屋出身だといわれている。

逼塞した三笑はそれまでの仕事をとおして、役者、作者と深いつながりをもっている。陰で役者の座組みや作者にたいし、かなりの影響力をもちつづけたという。中村座に復帰したのは、天明六年の顔見世である。立作者は中村重助だったが、助力をもとめられた三笑は別格の位置に座り、『太平記』をもとにした『雲居花吉野壮士（くもいのはなよしののわかむしゃ）』という芝居で大当りをとり、ふたたび帰り咲いた。作者としてだけではなく、沢村宗十郎、市川八百蔵、大谷広次、尾上松助と息のかかった役者をそろえるプロデューサーの手腕も発揮した。

『鯨のだんまり』からかなりの月日が経っていたが、このとき、勝俵蔵は二枚目の作者として三笑とはじめて同座し、以後も三笑に付いて芝居をつくることになる。

長々と述べたのは、『鯨のだんまり』をほめた三笑に、俵蔵は大きな影響を受けたと思われるからである。作風はむろん、作者になったいきさつや身の処し方に三笑の影がなくもない。

ちょっと不思議なことがある。

南北の師匠は、桜田治助ではなく金井三笑だとされていた。

大作者南北のもとで仕事をし、おなじ一座のめしを食った三升屋二三治は「元祖治助は立作者にも門人あれど、桜田といふ苗字を付たる門弟なし」（『作者年中行事』）と回想する。そうであれば治助から桜田兵蔵という作者名をもらったというのはまちがいなのだろうか。二三治自身、晩年の治助に入門した弟子であり、大先輩とはいえ、南北の経歴を知らないとは考えにくい。ひとつの謎である。

明治の文豪、坪内逍遥や為永春水も南北の師を三笑だとしている。

あるいは二三治の見解を踏襲したのでそうなったのかもしれない。昭和になってある学者が南北の師匠は治助とあきらかにしたのだが、わずかな期間でもらった作者名を返したことといい、治助との師弟関係はあまり濃密ではなかったのがうかがえる。

三笑の芝居づくりは、複雑な筋道をひとつの芝居にまとめあげるのが巧みだったといわれ、この三笑風は、二つ三つの作を「綯い交ぜ」にしてまとめる南北流とつながるものがある。気風の点でも、吉原をひやかして歩くのが好きだった治助の通人風より、本読みのとき刀を脇において文句をいう奴は切るという気構えを見せたという三笑の方が、より南北に通じるものが感じられる。

ともかく実質的な師匠は「立作者の才あり」と見抜いた三笑といえるのではないか。想像をたくましくすれば、源さんは入門する前から三笑と知己であったが、問題を起こしていた三笑の弟子になれず、何らかのいきさつで治助の門に入ったとも考えられる。

『鯨のだんまり』の前後、俵蔵はこんな小幕もつくったという。

……縁むすびの神が、仲だちをした男女の名を記しておいた大帳を、大荒神が盗んでしまい、「この帳面が手に入るからは、夫婦喧嘩も和合も、俺を粗略にせぬ家に、縁をつながす我が神力」とうそぶく……。

八百万の神々の世界にも泥棒がいて、盗んだ情報を利己的に使う〈おかしみ〉で『寿大社』とタイトルが付けられている。

この手の神々の「はなし」はパターンだったらしく、平賀源内の『風流志道軒伝』にも、富士山の張子をつくるためにやってくる、三十万艘の船団を沈没させようと相談する神々の「はなし」があり、風の神まで出かけたらみな風邪を引くだろうなどと冗談をいいあう。神々を人間並みの次元に引きずりおろして〈おかしみ〉のネタにする。

草双紙に書かれ、巷のうわさとなる「はなし」は、江戸で増殖しどんどん累積していた。芝居もその一翼を担っている。人々は「はなし」にわが身の感情や批判を注入して、日常の慰みとするとともに、「うそ」や「まこと」が入り混じる情報の一種として理解していた。

俵蔵のつくる芝居の〈おかしみ〉も、江戸の人々と気分を共有しているもので、おなじ土壌に立っているという親近感を抱かせるものだった。

芝居が本筋に入る三立目あたりを書くようになったころ……。

「あざらし入道。水びやしにて牛に引かれての出、面白し。次にあひるの血汐を飲ませてのおかしみは出来ました。俵蔵殿と見へます」と評判記にとりあげられた。

ずぶ濡れのあざらし入道なるものが花道から登場して〈おかしみ〉を発散する。これは寛政六年、南北が四十歳のときの顔見世『閏訥子名和歌誉』の一幕だとされるが、このころになると、舞台を見た人が俵蔵が書いたにちがいないというようになっていた。こんな奇抜な〈おかしみ〉を書くのは俵蔵しかいないというわけだ。

〈おかしみ〉は、笑いで精神の緊張をやわらげ解放する。人は副交感神経が活発になると緊張が解けてストレス解消につながるという。江戸の人々が求めてやまない〈おかしみ〉は、独特のメソードを生んだ。現実を裏返したりひねってみせる「茶化し」、いろんなものを無理やり詰めこむ「吹寄」、いくつもの要素を捩りあわせる「綯い交ぜ」などなど……。

人々がもっとも好んだ精神解放術は、俵蔵が芝居の道に入る前、「めいわく」の明和のころからすでに顕著になっていた。芝居や戯作ばかりではない。江戸の町でおおいに流行した狂歌の会も〈おかしみ〉の地平をおおいに広げた。

狂歌の第一人者、大田南畝が詠んだ狂歌は、

「ひとつとりふたつとりては焼いて食う　鶉なくなる深草の里」

この本歌は、

「夕されば野辺の秋風身にしみて　うずら鳴くなり深草の里」

藤原俊成の和歌である。

南畝は本歌の花鳥風月の趣きを食欲に置きかえて笑わせる。

古くから梅に思いを寄せる和歌は多いが、南畝の手にかかると、「おれをみて又うたをよみちらすかと　梅の思わん事もはずかし」となり、梅の方から見た視点に変ってしまう。

ものの見方を逆転させ、江戸の日常に引きよせて〈おかしみ〉を出す。

南畝は下級武士だが、狂歌の集まりには町人もくわわるようになり、狂歌の募集をすると荷車いっぱいの歌が集まるほど、裾野が広がっていった。芝居の役者のあいだでも狂歌の「連」ができ、「花道のつらね」の団十郎（五代目）を中心に、瀬川菊之丞が「まがきのきせ綿」、松本幸四郎が「高麗洒落人」、中村仲蔵が「垣根の外成」とふざけた名で、狂歌を楽しんだ。

団十郎家の紋を名にした「みます連」は、本所の大工の棟梁である烏亭焉馬がリーダー格だったが、南北がはじめて顔見世の立作者をつとめたとき、助っ人の作者として入ったのがこの焉馬である。

本歌を詠みかえる狂歌の手法のように、芝居にも、南北が得意にした「書き換え」という手法がある。〈おかしみ〉を求める江戸のトレンドの洗礼を、若いころから俵蔵も受けていた。

狂歌の「連」から烏亭焉馬らが「咄の会」を誕生させたのが天明六年四月のこと。向島の武蔵屋という料亭で第一回を開き、はじめは焉馬自身が「何とばかばかしい会だ」と自嘲したほどだが、幕府の目を盗んで毎年開かれたこの会から、落語の「咄」が育っていく。

江戸の町にはこのころ寄席があらわれ、キノコのように増えた。その後、芝居茶屋の二階などでも開かれるようになり、文化の末ごろには、町内にひとつはあるほどになった。軒先に吊るされた行灯が目じるしで、町内の老若男女が暇を見つけては通って楽しむ。落とし噺のほか、寄席では、手技（てづま）、演史（こうしゃく）、百眼（ひゃくまなこ）といった芸も誕生した。

南北もしばしば寄席の芸を芝居に取りいれる。

〈おかしみ〉のセンスは、縁日や見世物、近所のうわさ話、身のまわりの日常で培われた。その感覚の揺籃は江戸の町にある。なにより〈おかしみ〉に敏感な風土が南北流の原点にあるといえるだろう。

三　水中早替り

文化元年（一八〇四）のある日。

役者の尾上松助が俵蔵に向かって「話がある」という。お互い芝居小屋で毎日のように顔をあわせる間柄である。あらためて話があるというからには、何か重要なことにちがいないと俵蔵は思った。

「夏芝居をやりたいのだが」と松助は切りだした。

夏は一年の内でもっとも芝居に不向きな季節である。隅田川の川開きから人々の足は水辺へと向かう。芝居もトップクラスの役者は寮（別荘）に引っこんだり、避暑をかねて旅に出たりで、江戸を留守にする。そのため出演する役者の顔ぶれが寂しくなるのを「無人」といった。この年、松助も俵蔵も木挽町の河原崎座（森田座の控櫓）につとめていたが、名のある役者で夏に残るのは、ほとんど松助だけだった。

河原崎座は出費がかさみ経営的に苦しんでいた。松助がいうには、すこしでも座のためになるよう助けてやりたい。給金は収入があってからでよいとまでいいきった。ついては手助けをしてもらえまいか。台本を用意してほしいとの意である。

俵蔵にとってても悪い話ではない。

長い作者暮らしの末、前年に四十九歳ではじめて立作者となった。それまで一座の芝居を仕切ることがなかったのは、座頭級の役者の引き立てがなかったことにもよる。市村座の羽左衛門の息子で、「和実の名人」といわれた坂東彦三郎が俵蔵を立作者に指名してくれ、正月に『世響音羽桜(よにひびけおとわのさくら)』という芝居を出した。が、幕を閉じると彦三郎は上方へ行ってしまい、おなじ年の顔見世では、奈川七五三助(ながわしめすけ)が立作者、もと師匠の桜田治助が特別に加わって、俵蔵はまた二枚目の作者ということになり、無念の思いにとらわれた。

松助がやろうという夏芝居は不利な面ばかりではない。他の季節の芝居より制約がすくなく、「無人」なだけに比較的自由に芝居がつくれる。思いどおりに台本を書ける作者としては幸せであり、気が入る。

暑い芝居小屋に客を呼べるとっておきのアイデアがあるのだと、松助は話した。

もともと松助は仕掛けのアイデアを編み出すのが得意である。のちに『四谷怪談』で大評判になった「戸板返し」も松助の発想がもとになっているともいわれる。稼ぎで座を助けるのもむろんだが、自分のアイデアを試したい気持ちで一杯だった。

図２　「初世尾上松助の松下造酒之進　全図」東洲斎写楽　重文　東京国立博物館所蔵

　松助は延享元年（一七四四）に大坂で生まれた。俵蔵より十一歳年上である。菊五郎（初代）の弟子になり、衣裳方だった父とともに江戸へ下った。金井三笑のこども屋の色子になるほどで、美少年だったようだ。若いころは女方をつとめたが、背が高いので若衆にかわり、やがて立役をつとめる芸域の広い役者になった。

　その風貌は謎の絵師、写楽の絵にある。

　黒紋付の浪人すがた。髪が乱れ、月代がのび、悲惨な境遇に落ちたわが身をあわれむような憂いに満ちている。着付の袖に「重ね扇の丸に松の字」の紋が見える。この「松下造酒之進」役を描いた絵は東京国立博物館にある（図2）。

　アメリカのボストン美術館にある「湯浅孫六入道」の絵も長身だったという特徴をよく捉えている。市電に乗ってボストン美術館へ出かけてみたことがあるが、タイミングよく展示されているはずもなく、のちにその絵にお目にかかったのは東京で開かれたボストン美術館展だった。もう一枚、海老蔵ともに描かれた『暫（しばらく）』の絵があるが所在不明らしい。

松助と俵蔵が相談の上、夏芝居に出すことに決めたのは天竺徳兵衛の芝居である。

何ぶん、夏までに時間の余裕がない。そこで過去に上演された人形浄瑠璃の台本を改作して、松助のアイデアを活用する芝居に仕立てることにした。

天竺徳兵衛は実在の人である。

江戸のはじめごろ、書役（かきやく）（記録係）として乗った朱印船が、嵐に見舞われて漂流した。「天竺に吹き流されし船頭」である。漂着したのが「天竺」とあるが、実際にはインドではなく「中天竺」のシャム（いまのタイ国）だった。その後、別の朱印船でふたたびシャムへ行き、二年後に戻ったとき日本はすでに鎖国の体制になっていた。稀有な体験をした当時のアドベンチャーである。おそらく役所から命じられたのだろう、異国体験談を書いて長崎奉行に差しだしたところ、その冒険談が評判を呼び、芝居になり人形浄瑠璃になって天竺徳兵衛の名が世の中に広まった。

しかし、舞台の徳兵衛は実物とまるでちがう人間になってしまう。高麗の異国人になったり、デウスの再来といわれたキリシタンの天草四郎をにおわせる七草七郎になったりする。作者が事をおもしろくしただけでなく、幕府が事実をそのまま芝居にすることを禁じていたのも微妙に影響しているのだろう。

図3　『俳優相貌鏡』(享和四年　浅艸市一著　歌川豊国画)より

芝居の徳兵衛は気のどくなことに悪者である。悪者のヒーローをつくって、その活躍を存分に楽しませるのがねらいである。異国を旅したアドベンチャーは、本人が知ればびっくりするような架空の人物になってしまった。芝居の「はなし」には、事実を逆手にとる諧謔が潜んでいる。

七月三日、河原崎座で『天竺徳兵衛韓噺』と題された夏芝居が幕を開けると、予想もしない大入りになった。このときの台本は失われてしまっているが『歌舞伎年表』や後に伝わる台本などを手がかりにあらましをうかがうと……。

……徳兵衛が「異国のアッシの上に裃」を着たいかにも異国風の扮装で登場する(図3)。異国でのアドベンチャーを吉岡宗観に語り、褒美に太刀を与えられるが、宗観がじつは生き別れになっていた父だとわかる。国を滅ぼされた高麗人の父は、報復せんとひそかに日本に侵入し、菊池家の家老になりすましていた。だが、お家騒動に巻きこまれ、重宝紛失の罪で切腹せざるを得なくなる。したがって徳兵衛も異国人。自害した父の首を抱えた徳兵衛が捕手にかこまれると、父から授かったガマの妖術でにわかに雲が降り、あたりは暗くなる。花道に首をくわえた大きなガマがあらわれ、背中からあらわれた徳兵衛が妖術を遣い、三つ折れの刀が真っすぐになる珍しい仕掛けを見せる。

　徳兵衛は父の遺志を継ぎ、国をくつがえさんとする〈国崩し〉の悪人となった。

　幕が変わり、乳母が菊地家の若君・月若丸をまもって落ちのびるところへ、追手がかかり、海辺の舟に月若丸を隠すと、舟からから出てきた人影じつは天竺徳兵衛に切られる。乳母も天竺徳兵衛も松助の役であり、早替りで両人を演じる。

　月若をさらって花道を行く徳兵衛を逃がすまいと、乳母の幽霊（松助そっくりの人形）が宙を飛んで追いかける。

　徳兵衛が住まいへたどりつくと、藪のなかからまたも乳母の幽霊があらわれる。松助早替りの幽霊は、家の格子戸を開けずにすっと中に入る仕掛けを見せる。

　大切（おおぎり）では、徳兵衛が越後の座頭にすがたを変えて館に入りこんでいる。越後節を歌いながら渡来した楽器の木琴を演奏し、〈おかしみ〉の芸をいろいろと見せる。「このところ大評判」だったという。

　そのうち、怪しまれて逃げ出した徳兵衛が池に飛びこむ。と、まもなく花道から裃すがたに威儀を正した上使が出てくる。徳兵衛と上使も松助の早替りである。

　……といったもので、松助は三役をつとめる大奮闘である。

　仕掛けが随所にあるのだが、とくに徳兵衛が池に飛びこむ場面が大いに受けた。飛びこんだ池から、本水の水しぶきがあがる。全身ずぶぬれになった松助は、後見の助けを借りて手ばやく衣裳を変え、暗い奈落を花道の鳥屋（トヤ）まで走り、見物のどよめきがおさまらぬうち、今度は花道から上使となって登場する、という段どりである。

　拍手が湧き、「音羽屋ァ」と威勢のいいかけ声が飛ぶ。

　松助のとっておきのアイデア、〈水中早替り〉とはこれのことだった。長い芝居の歴史で、早替りはしばしば使われる仕掛けだったが、〈水中早替り〉はこのときはじめて登場したもので、「古今珍しき工夫」と評された。

　二年後に『波枕韓聞書（なみまくらいこくのききがき）』と改題して再演したときは、松助は息子の栄三郎とともに、派手な〈水中立回り〉や、〈鯉つかみ〉の新しい趣向をさらにくわえた。

　松助のいわば特許になった〈水中早替り〉は、しかしながら毎日水入りをしなければならない。見物に涼感を与えるのはよいが、役者は大変である。その後、松助は高齢の上に病みがちとなり、周囲から「水入りはおやめなさい」と忠告される。

「体は病いてろくろく働かずといえども、心神衰へざれば、百度水中に入るといえども、あに恐るる事あらんや」というのが松助の答えだった。身体をはって連日〈水入り〉をつづけたのだった。

　大人気の『天竺徳兵衛韓噺』は、四日目には札止めというありさまになった。だが、大入りは〈水中早替り〉だけが理由ではない。

幕が開く前、江戸の町に「木挽町の芝居で、キリシタンの妖術が使われるそうな」とのうわさが流れていた。江戸はうわさ社会である。確実な情報がない以上、うわさは大切な情報源で、「まこと」が伝わるときもあるが、「うそ」が「まこと」になってしまう場合もある。江戸の禁制であるキリシタンの妖術とはどんなものかと、物見高い江戸人の好奇心がくすぐられて、客寄せの種になった。

いざ目にしてみると、天竺徳兵衛がガマの妖術を遣うとき、「南無サッタルマグンダリヤ、しゅごしょうでん、はらいそはらいそ」と呪文を唱える。何のことはない、子ども向けの絵本にでもありそうなたわいないものだったのだが……。

町のうわさは、見廻りをしている町方の与力や同心の耳に入る。悪所といわれる芝居町の動向に神経をとがらせている奉行所は、いったい何をやってるんだと疑問を抱き、臭いものは嗅いでみよとばかり、芝居を検分すると命じてきた。

一座の驚きと不安は並みたいていではなかっただろう。上演禁止にでもなればせっかくの大入りがふいになる。座のためにと夏芝居を打った松助らの心意気もそれこそ水の泡である。

ほんの二ヶ月ほど前、絵師の喜多川歌麿が、秀吉が女たちを引きつれ優雅に花見をしている『太閤五妻洛東遊観之図』を描いて、咎めを受けたばかりである。歌麿は三日間、牢に入れられ、手鎖五十日の刑。死期を早めたともいわれる事件が起きていた。寛政の改革の余波がまだつづいている。

話を聞いた松助は幕内の不安を払うように、「仰せのとおり芝居の裏表を全部見せましょう」と返答させたという。

七月二十一日、河原崎座は休演とし、早朝から座元はじめ一同が並んで役人を出迎え、桟敷にわたした板の上に畳を敷いて床机をならべた席に案内した。通常の検分なら二階の西桟敷あたりを検分席にするのだが、この日は特別席をこしらえた。芝居を見せたばかりか、〈水中早替り〉の場面などは、わざわざ舞台裏に案内して、仕掛けをことこまかく説明したという。

その結果……。

意外にも、秀逸な工夫に感心した奉行所は「芝居はそのままつづけてよし」という見解を出した。キリシタンの邪法などむろん不問。芝居を休ませた代償だったのだろうか、賞与を出したともいわれている。

河原崎座の楽屋の片隅からひそやかな笑い声が聞こえてくるようだ。

じつは、風説は芝居の前評判をたてるために松助、俵蔵がわざと流したものだった。芝居を一日休んだが、一件落着すれば、そのうわさでまた客が入る。企みはまんまと成功した。しかし露見していれば、当時の幕府の姿勢からいって、世間を騒がせた罰を受ける恐れなしとはいえない。一座の連中はほっと胸をなでおろしたことだろう。

芝居者の智恵と役人の職分が張りあったのがおかしい。

悪所といわれる場所が江戸に二つある。吉原と芝居町。芝居町を管轄しているのは二つの奉行所で、南と北の町奉行が交代で対応する。時の南町奉行は根岸肥前守鎮衛（ねぎしひぜんのかみやすもり）といい、この年六十七歳になる人である。奉行所の断は、当然、町奉行のもとで行なわれる。

根岸奉行はユニークなキャラクターである。もともと武士の家の生まれではないのだが、世の中は金しだい、地主の父親が御家人の株を買って武士になった。根岸家の養子に入った鎮衛はこつこつと仕事をし、わずか百五十俵からついに町奉行にまで出世した。もう上は若年寄、老中という幕閣である。

役宅で使うたばこ盆は陶器につるの手さげを付けただけの粗末な道具。下女が使う手燭も、松板につるをつけ、籠を伏せた中にローソクを灯す。しかも自分の手でつくる。いかにも質実な庶民派奉行である。登城のとき、馬からおりた鎮衛が鼻くそを下乗橋の欄干にこすりつけたというエピソードは有名だった。ささいなことにはこだわらず、戯れごとが好きで、元旦には猥褻な歌を詠む。「根岸が詠んだ歌を聞いてくるように」と将軍の仰せがあったこともある。

この奉行、「はなし」のコレクターでもあった。商人、遊女、役者ら下々の者の暮らしから、敵討ち、幽霊ばなし、狐狸の類のしわざにいたるまで、「はなし」なら何でも集め、それを『耳嚢（みみぶくろ）』と題してまとめた。「うそ」も「まこと」もまじっていようが、何でも並列に並べる。大江戸の要職も、世間とおなじように「はなし」につよい好奇心を抱いていたのがこのころである。

とはいえ町奉行である。松助や俵蔵ら芝居者とじかに接することがありえようはずがなく、お互いに顔も知らない間柄だっただろう。だが、世間の「はなし」に無関心ではいられない奉行は、俵蔵・松助のコンビが別の夏芝居に仕立てることになる「はなし」を『耳嚢』に記録している。世の中に大変化が起きる予兆のなかで、情報に敏感たろうとするフィールドに両者とも立っていた。

ともかく、とっておきの仕掛けやばらまいた風評が『天竺徳兵衛韓噺』を大ヒットに導いた。河原崎座の木戸銭は、桟敷が十五匁、土間が十二匁で、ふだんの桟敷が二十五匁程度だったのとくらべるとかなり安い。暑苦しい夏でしかも「無人」というめぐまれない条件を逆手にとり、安い料金で見せたのも大きかった。こうした条件がそろい、『天竺徳兵衛韓噺』は涼しくなって水中に飛び込むのがむずかしくなるまでつづいた。以後、芝居の年中カレンダーで重きをなさなかった夏芝居が定位置を占めるようになり、江戸の風物詩ともなっていく。

夏芝居『天竺徳兵衛韓噺』は、二十数年の作者暮らしを経て俵蔵が飛ばした最初のヒット作である。作者にとってヒット作を出すことが何ものにもかえがたい意味を持つのはあらためていうまでもない。五十歳にしてはじめてつかんだヒットメーカーの座だった。このとき、俵蔵と松助が出会い、ともに仕事をしなければ、のちの大作者・南北があったかどうか。松助に感じた恩義は並たいていではなかっただろう。二人の間には松助がやがて尾上松緑（初代）となり文化十二年に亡くなるまで深いつきあいがあり、俵蔵はやがて菊五郎となる松助の息子のためにもつくした。

九月に『天竺徳兵衛韓噺』が幕を閉じると、もう顔見世の準備がはじまる。十一月の顔見世は一年でもっとも大切な興行である。夏の大ヒットで経済的にもすこし余裕ができただろう座元の河原崎権之助は、俵蔵を立作者に取りたてた。顔見世の立作者をつとめるのは、どの作者にとっても目標であり名誉である。夏芝居の貢献がただちにかたちになった。

四　芝居の料理人

顔見世の立作者、俵蔵はこの年、長年の鬱積が晴れるような思いでいたことだろう。自宅から木挽町へ通うため、江戸の町をゆく足取りも軽かったはずである。胸中に顔見世に出す芝居の案が浮かんでは消えた。年に一回の顔見世を二十回以上も経験してきたので、顔見世がどんなものか、しきたりや雰囲気もよくわかっている。それぞれの年に立作者がつくった芝居の内容もしっかりと心に刻みつけていた。

顔見世に何をやるのか、その「世界」を決めるのは立作者の仕事である。十を超える「世界」からその年の題材を選ぶ。たとえば源義経や弁慶らを中心とする『義経記』なのか、平清盛や宗盛の『平家物語』なのか、在原業平らの『伊勢物語』なのか。そのうちひとつを選んで「はなし」を組みたてることになる。

前年、はじめて立作者をつとめたのは正月の芝居だった。

通常、初芝居は「曽我物」と決まっている。五郎十郎の敵討ちのストーリーに、新しい趣向をくわえて三座とも特色を出す。毎年おなじでは飽きられてしまうので「はなし」が変化していく。そのため敵役の工藤祐経があるときは死を覚悟した立派な武士に変り、あるときは曽我五郎が侠客の助六になる。

たいていの芝居ははじめにある事実があって、それが芝居に仕立てられる。天竺徳兵衛の異国体験のようなものである。近松門左衛門の「心中物」は、心中事件があればただちに脚色して舞台にかけた。しかし、時が経過し、趣向がくわわるうちに、物語や伝説もそうだが、事実ではない「うそ」がまじり「まこと」との境目がわからなくなる。「うそ」が「まこと」になるケースがあり、その逆もあって、まるで遊女の手管のようである。

そこには客に受けるのを至上とする作者のものづくり感覚がはたらいている。

芝居に目を配り警戒を怠らず、いろいろと注文をつける幕府を念頭に置いて、作者が台本を書くのは当然だった。大名が起こした刃傷と浪士たちの敵討ちである忠臣蔵を芝居にするにあたって、作者がどんなに神経をつかったか、よく知られているところである。事件の当座は芝居にしても中止させられたりしたが、作者たちは「太平記」の世界を借り、知恵と工夫で『仮名手本忠臣蔵』を成立させた。別の「はなし」であると見せかけながら、じつは赤穂事件を描く狂言作者の苦心である。

立作者は近代の作家とはちがって、思ったままに書くのではない。幕府だけではなく一座の主だった人たちの意向を念頭に置いて、芝居にしなければならない。南北流といわれるような作者の個性を出すのは、その上でのことだった。しかも、芝居が当たらなければ一座の経営が危うくなる。作者ひとりでなく一座の暮らしがかかっている。当る芝居をつくる責任が立作者の肩にかかっていた。

俵蔵が顔見世に選んだのは『前太平記』の世界である。

曽我兄弟や忠臣蔵などの敵討ちとともに、江戸の人々に好まれた「はなし」である。平安時代の平将門の反乱など各地の戦乱も描かれているが、史書というより世俗の伝承を集めたといったほうが適当だろう。

なかでも朝臣・源頼光と家来の四天王の活躍が好まれ、芝居に格好の題材を提供した。

源頼光が大江山の酒顚童子を退治した話。

渡辺綱が宇治橋の下に住む鬼女の片腕を斬り、それを鬼女が取りかえしにくる話。

北野社近くの地中にひそむ巨大な土蜘蛛を、平井保昌らが退治する話。

足柄山の坂田公時と山姥の母子の話。

そのまま「まこと」とは信じられないこうした伝承がしばしば芝居になり、「四天王物」と呼ばれるようになった。

つまるところ『前太平記』には、四十巻におよぶ巨大な弁当箱に「うそ」と「まこと」が吹き寄せられていて、世俗的な伝承を、当代一流の役者が芸にして見せるのが人気を博した。今日もよく上演される『戻橋』、『山姥』、『土蜘』などの一幕はみな『前太平記』の伝承から生まれたものである。

十一月三日に幕を開けた俵蔵の顔見世は『四天王楓江戸粧』。四天王とともに反逆者の側を活躍させるユニークな芝居で、以後も顔見世の題材としてなんども取りあげることになる。

だが、このとき河原崎座は若い男女蔵が座頭で、ひとりで四天王をつとめた。松助も一座にいたのだが座頭ではない。俵蔵が立作者に指名されたのには、夏芝居の成功を座元が高く評価したのとともに、松助の口添えがあっただろうことは、充分察することができる。

しかし、一座では座頭の意向がつよくはたらく。何が原因なのか判然としないが、俵蔵にたいし男女蔵の風当たりはよくなかったようだ。作者はトップクラスの役者にくらべると弱い立場である。しかも男女蔵と松助のあいだにも反目があったとされている。

男女蔵は自分が主体になる所作事（舞踊劇）を書かせるのに、例の「咄の会」の烏亭焉馬を連れてきた。狂歌の「みます連」も主宰し、男女蔵とも親しい間柄だったのだろうが、狂言作者ではない。焉馬自身は『歌舞妓年代記』に、「三座一の当りという。狂言作者は勝俵蔵、本屋宗七。予もスケに頼まれ、浄瑠璃山姥の所。六立目しばらく大詰までつくる」と思い起こしている。俵蔵と親しい間柄だったとは考えられないが、おなじ作者として顔見世にかかわった思いがあったようだ。

また和泉式部の役に扮した女形の小佐川常世も、歌道がらみの幕に、和歌にくわしい木村園夫に自分の幕を書かせた。

たしかに〈おかしみ〉の作者といわれてきた俵蔵は、美辞麗句をならべる浄瑠璃や、花鳥風月の和歌は得意ではない。今日、南北作の所作事として上演される『かさね』も、作詞は別の作者である。

各幕をそれに適した作者が書くのは理があるとして、なってまもない実績のない立作者だったから仕方がない面もあるが、若い座頭や女形があれこれと我意をとおすのは、心中おだやかではなかっただろう。こわもての金井三笑ならひと騒動持ちあがったかもしれない。

といったぐあいで、この顔見世は夏芝居のようにすべてがうまくいったのではなく、立作者としての矜持を満足させられなかった。それでも焉馬が記すように芝居は「三座一の当り」で、とくに人気だったのは俵蔵が自分で書いた「一条戻橋」と「二番目の芝居」だったといい、立作者の面目は充分ほどこした。

一座にいる役者にとっては、自分の芸の見せ場があり、仕どころが多いことがいちばんである。初代の団十郎のように三升屋兵庫と称して、自身が作者だった例もある。役者を中心に発展してきた江戸の芝居は、作家の永井荷風が「不思議な情熱」と呼んだほど見る側も役者への思いがつよい。

狂言作者にとって座頭の意に沿い、相手役の立女形ら主だった役者にふさわしい役をつくるのも重要である。とくに二枚目以下の作者にとっては自分が担当する幕のトップの役者の意にかなう必要がある。上に立作者がいて、横にトップの役者がいる。下位の作者は二人の主人をもつ立場なのである。

立作者はまずは人気役者を立てることを考え、「無人」であれば、何を芝居のセールスポイントにするかに頭を悩ませる。芝居らしくなったといわれる元禄前後からでもすでに百年が経ち、出来上がっている約束事も無視できない。

季節ごとにも芝居の特色があり、一年のカレンダーに沿ってふさわしい狂言をつくる。正月の初芝居は「曽我物」で、五郎十郎の敵討ちに新鮮味をつける。三月の弥生狂言は、武家屋敷へ奉公に出ている娘たちの宿下がりなどを当てこんで「お家騒動」など。五月は人気狂言が中心で、夏はお盆に関係する「怪談物」、やがて芝居の正月といわれる十一月は顔見世狂言という風である。

顔見世には、「暫」の場や「だんまり」、「所作事」を入れ、あるいは大詰（おおづめ）は「御殿の場」とするといった決まりが、長い時の経過とともに確立していた。

また、一座には座元がいる。芝居を興行する公許はこの座元にたいして下されている。中村座なら中村勘三郎、市村座なら市村羽左衛門、森田座なら森田勘弥がその人で、座元が納得するような芝居でなければならない。

さらに、コストのかかる芝居に出資する金主や支配人である帳元の意向、桟敷の予約、酒肴のサービスをする芝居茶屋、宣伝の仕方にまで気を配る。

立作者はつねにこうした周囲の状況と相対し、念頭に置いた上で、なお作者の感性を巧妙に反映させなければならない。状況を知るに機敏な相対性の才覚抜きにできない仕事だった。素材や器、さまざまの要素をいかして、客にサービスするプロの料理人のようなものである。

俵蔵は五十歳の節目を迎えた。

長い歳月を芝居とともに歩んできた俵蔵は、この世界の人や過去の芝居については精通していた。もはや「紺屋の源さん」とはだれも呼ばない。一人前の料理人、狂言作者・勝俵蔵で知られる存在だった。

それにしても芝居の世界は人と人とのつながりで成りたっている。そこに危うさと怖さがある。一年ごとの座組みで、大勢の顔ぶれが変わるとそのたびにバランスが崩れ、新しい秩序を求めねばならない。

師匠や役者の庇護が弱い俵蔵のような立場で、この世界を生きるのは並みたいていではなかった。才能をみとめていた金井三笑は四年前に亡くなった。若いころの師匠、桜田治助は健在で文化二年の顔見世に別格で入り、二枚目の俵蔵はむかしの師と同座したのだが、翌年に亡くなる。

その顔見世で、上方下りで一つ年上の作者・奈川七五三助の二枚目に座っても、もはや実力はだれもがみとめるところで、立作者とほぼおなじ格だとされた。七五三助は旧作を手直しして上演するのが得意の「洗濯物」と仇名された作者で、新しさを求める俵蔵とは肌合いが異なっていた。

薫陶を受けてきた先輩が世を去るのと引きかえに、俵蔵の縁者が芝居に足を踏み入れてきた。長男は役者になり、このころ坂東鶴十郎と名のって父のいる座に出ていた。ずっとのちには作者・二代目勝俵蔵となる。

二人の娘のうち、ひとりは俵蔵の弟子である作者・亀山為助と縁組みした。このころの番付にその名が見える。もうひとりの娘は、隅田川沿い向島の料理屋・武蔵屋の嫁となり、のちに絵師となる亀岳を生んだ。

彼らの鶴や亀の字は、俵蔵が与えたものにちがいない。鶴と亀を身のそばに置く俵蔵の洒落っ気が感じられる。

作者の世界にはときおり気まぐれな風が吹く。

文化四年の秋から市村座の立作者になったのが福森久助という俵蔵より十二歳年下の作者である。奈川七五三助の二枚目になっていた俵蔵はこのときも若い久助に先を越された。久助は本所の薪問屋の息子で、やはり治助の弟子になり、頭角をあらわした天才肌。亡くなった治助の後継者として期待されていた作者である。

ところが、わずか二ヶ月ほどあと正月から久助が座に出てこなくなった。病気でもしたのか理由はわからないが、困った座は俵蔵を立作者にし、松井幸三を二枚目にすえるという対応をした。この突発的な出来事が、俵蔵が市村座の立作者の座を不動のものにするきっかけとなったのだから、世の中は何が幸いするかわからない。

立作者俵蔵は、五年の夏に松助との夏芝居『彩入御伽艸』、つづいて七月末から時代物の『時桔梗出世請状』で大当りをとる。

いなくなった久助も翌年の顔見世から復帰するが、俵蔵の立作者はそのままで変わらず、久助は二・三枚目に位置することになる。この年から文化九年の顔見世まで市村座にいつづけ、俵蔵のその後が約束されたといっても過言ではない。とくに「二番目の芝居」である世話物を柱につぎつぎとヒット作が生まれた。

『霊験曽我籬』（文化六年四月）
『心謎解色糸』（文化七年正月）
『勝相撲浮名花觸』（文化七年三月）
『絵本合法衢』（文化七年五月）
『当穐八幡祭』（文化七年八月）
『謎帯一寸徳兵衛』（文化八年七月）

いずれも今日まで機会あるごとに上演される作である。

隅田川の両岸を舞台に、町人たちの人生模様をあざやかに描いた作は、ほとんどが大人気で、市村座に俵蔵ありの評判を高めた。

日々、変わらない平穏な活気が溢れる下町、そこで起きる事件によって亀裂が入る日常、どこそこで何が起きたと昨日今日と見聞きした「はなし」を、新たに紙の上に描いていく。それは俵蔵が書きたいものと、客が見たいと期待しているものとが一致する幸運な結果をもたらした。つねに相対的な制約のなかで芝居を模索する作者稼業にとってこの上ない、奇跡的ともいえる現象だった。

客が入り、座が安定し、さらにそれを超える立作者としてのよろこびがある。

文化八年（一八一一）、この年の市村座の顔見世は『厳島雪官幣（いつくしまゆきのみてぐら）』。その舞台で、五十七歳の俵蔵は義理の父である三代目の名を継ぎ、四代目鶴屋南北を襲名した。「紺屋の源さん」はいつしか「鶴屋のじいさん」と呼ばれる歳になっていた。

五 「はなし」のネットワーク

すこしさかのぼるが文化五年の市村座、正月から俵蔵は立作者で、松助・栄三郎の父子もおなじ座にいる。それに若い団十郎ら。この好機に夏芝居の企画がもち上がるのは当然だった。天竺徳兵衛大ヒットの余韻は、俵蔵や松助はむろん、幕内にも客の心にも生きている。俵蔵は松助と相談し、今度も怪談仕立てで、徳兵衛も登場させ、〈水中早替り〉を見せようということになった。

「はなし」ができあがる過程で、二人の密計は芝居の冒頭に出す小平次という男に及んだ。

……夏芝居『彩入御伽艸』は、菊地家にお家騒動があり、幼い跡つぎを連れた乳母・敷波が、小幡の里へもと家中だった小平次を訪ねてくるのが発端。

諸国廻行に出ていた小平次（松助）が里へ戻ると、女房が情夫をつくっていた。小平次はその多九郎という男に蛍ヶ沼にしずめられ、あっけなく殺されてしまう。すると、例の〈水中早替り〉でただちに花道から女房おとわ（松助二役）が登場する、という仕掛けである。

殺された小平次は幽霊となってリベンジし、女房の首をとる。女房おとわの正体は将軍義政に謀反をたくらむ浅山鉄山の妹で、情夫の多九郎がじつは天竺徳兵衛なのである。怪談「皿屋敷」が下敷きになっている。

この夏芝居も大当りだった。市村座では人気を見こんで『天竺徳兵衛韓噺』よりも木戸銭を上げ、桟敷を二十五匁、土間を二十匁にしたが、季節は関係ないといわんばかりに客はどんどん入った。となりの中村座には、上方から下った名優の中村歌右衛門が出ていたが、市村座に完敗して、川柳で「歌右衛門　夏のこはだ（小幡）に当てられて　下り早々腹はらん平」とからかわれた。

ところで小平次という男にはモデルがある。奥州から江戸へ出てきて、松助の家に住み込みで下ばたらきをしていた男だという。役者にあこがれていた小平次は、松助の口利きで〈稲荷町〉つまりその他大勢クラスの役者にしてもらった。楽屋のそばにお稲荷が祀ってあったので〈稲荷町〉とか〈お下〉と呼ばれ、楽屋内の風呂も使えない下っ端である。小平次は三年ほどつとめてはみたが、うだつがあがるわけもなく故郷へ帰るといって暇をもらい、じつは旅役者になった。留守のあいだに女房が男をこしらえ、旅の途中、男に襲われてあえなく殺されてしまう。力もなければ運もない、なんとも哀れなやさ男である。〈稲荷町〉だったころ、よほど存在感がうすかったらしく、仲間から「幽霊、幽霊」と呼ばれていた。

……という「はなし」が、松助の息子・栄三郎が、のちに菊五郎（三代目）になってから書いたという草双紙『尾上松緑一代噺』にある。

松助の下男をモデルにしたというのはおもしろいが、しかし、そのまま信じていいものだろうか。

小平次については別の「はなし」もある。

人気戯作者の山東京伝が、芝居の数年前、享和三年（一八〇三）に怪談ばなし『安沼積後日仇討』を書いた。それは役者小平次の女房が太鼓打ちの左九郎と密通し、小平次は殺されてしまうが、女房がその怨霊に悩まされるというもの。

では小平次が松助の下男だったというのは「うそ」なのか。

あるいは京伝が松助から聞いた「はなし」を怪談に取りいれたのかもしれない。しかし、怪談の方が先だから、芝居の人気を呼ぶために、俵蔵が小平次を松助の下男に仕立てた「はなし」だとも考えられる。風説をつくったり流したりするのはお得意のコンビである。

じつは、「はなし」好きの南町奉行、根岸鎮衛も小平次のことを『耳嚢』に書きとめている。ある人から聞いた事実だというのだ。

少々長くなるが、紹介してみよう。

……小平次は山城の国小幡村の生まれで、父母を失い、寺で育てられた。幼いころから利発で諸国を遍歴したいといって江戸へ出た。

というあたりは芝居とかさなる。

美貌の僧だった小平次に花野という女が惚れて、願いがかなわねば死ぬと香箱を手渡した。なかには花野の指が入っていたという。

小平次はその女から逃げ、神奈川の宿で世話になった人に委細を話した。何の因果か、途中で捨てた香箱が漁師の網にかかって、小平次の手許に戻ったのである。女の執念がこもっている香箱を焼いてあつく弔い、小平次は大山参詣の折に会った知人とともに江戸へ戻る。

中村座がある堺町の半六の世話になり、茶屋の手伝いや楽屋の雑用をするうち、団十郎（二代目）のすすめで弟子になり、小和田小平次と名のる役者になったという。男ぶりがよく芸もまあまあで中より上の役者になった。ところが博打好きが嵩じて破門された。仕方なく旅役者になり、半六や見世物師（興行師）の三平らと同道で旅に出たのだが、海に落ちて死んでしまった。

しかし、ことの真相は花野と夫婦になり、江戸深川に住んだころ、花野に惚れていた三平が、小平次殺しを企んだのだという。

半六と三平が江戸に戻ってみると、留守宅にいた花野が不思議なことに「小平次はもう戻った」という。「海へ落ちて死んだはず」といっても信じない。両人がひと間をのぞくと、そこには小平次の荷物だけが置いてあった。それからも不審な出来事がつづく。

……という怪談である。

二代目団十郎の名があるから、俵蔵・松助の時代よりかなり以前のことである。

こんな「はなし」が世間に流布していて、それをもとに京伝が小平次の怪談を書いた可能性もある。その辺はいわば「はなし」の迷路だが、三つの「はなし」には共通する点がいくつかある。小平次という無名の男が役者になり、女房が浮気して相手の男に殺され、怨霊になるといったこと。

いずれが「うそ」でも「まこと」でもかまわないが、俵蔵が京伝の草双紙をもとに夏芝居をつくったのはたしかである。そして、小平次を松助の下男だとしたのを芝居好きの京伝が知らなかったとは思えない。下男に仕立てるのを黙認していた、あるいは想像をたくましくすれば三者が連係して「はなし」をつくった、というような共犯関係にあったかもしれない。

一座の複数の作者たちが相談して筋立てをつくるように、狂言作者と役者と戯作者が、酒でも飲んで楽しみながら知恵を寄せ合っている様子を想像するのは楽しい。

江戸市中をひとり歩きしている「はなし」が、人から人へ伝わるうちにもとの事実が変化して、「うそ」とも「まこと」ともつかない伝説ができあがる。「はなし」をつくるプロの狂言作者が意図的にそれをおもしろくする、といったことだろうか。

狂言作者も戯作者も町奉行も「はなし」にあくなき関心をもっている点ではおなじで、サイバー空間を飛びかう「はなし」にだれもが好奇心を抱いていた。江戸にはいたるところに「はなし」の温床がある。「咄の会」や「百物語の会」では参加者がそれぞれの見聞をもちよって、下世話な「はなし」、怪異な「はなし」を披露する。幽霊や怨霊のたたり、妖怪変化のしわざといった伝聞はいつも人の目を輝かせた。

世間の雑談を並べたてた式亭三馬の『浮世風呂』や『浮世床』がベストセラーになったのもこのころ。町で飛びかう「はなし」で世の中を知り、笑い、おどろき、おもしろがり、「話」や「噺」や「咄」が人々の共通認識になっていく。「うそ」も「まこと」も混然としているが、たいした問題ではない。人々は「はなし」に夢中になり、夢中になることを自身が楽しんでいた。

「はなし」の輪の中心に、芝居や戯作があったのはまちがいのないところで、『彩入御伽艸』がヒットすると、京伝はさっそくその年のうちに『敵討天竺徳兵衛』を書いて出版した。また別の「はなし」ができあがったことになる。

小平次の「はなし」はさらに、翌年に烏亭（立川）焉馬の『竜宮怪談鯨後平治』となり、八年には式亭三馬が『鯆頓兵衛幻草子』を出すなど小平次物のブームになった。芝居では黙阿弥の『怪談小幡小平次』となり、いまもたまに上演される『生きている小平次』は、大正十四年に書かれた作である。名もなき冴えない男・小平次が虚の世界で呼吸しつづけるのが興味深い。

狂言作者や戯作者はどこから何が聞こえてくるか……と、いつも耳をすませ、創作のエネルギーに転化させる。できあがった芝居がヒットすると、大きな反響となって町に帰り、芝居をもとに読物が書かれるといった相互関係を生みだした。

松助・俵蔵コンビの夏芝居はやるたびに当る。二人は翌年もまた手がけた。それもまた京伝の『小説浮牡丹全伝』をもとにしたものである。

この「はなし」は江戸の町に転がっていたのではない。海を渡って中国からやってきた怪奇小説『牡丹灯記』がもとにある。

……喬生という若者が、牡丹灯を提げた侍女にみちびかれる美しい麗卿に魅せられ、情を交わした。想いを断ちきれない喬生が麗卿を追っていくと、美女は骸骨となって正体をあらわし、棺のなかに引きずりこんでしまう。

明の時代に瞿佑という人が、こうした怪異な「はなし」を集めた『剪灯新話』のなかのひとつで、朝鮮から日本に伝わり、浅井了意が翻案し、仮名草子『伽婢子』としたのが江戸時代のはじめだという。怪異な「はなし」をとおして、仏教、儒教、道教の三つの道を庶民に悟らせることをめざしたという。いささか欲ばりすぎといえるもくろみだが、怪異な現象がどれほどインパクトをもって語られていたかが想像される。のちには三遊亭円朝の『怪談牡丹灯籠』で有名になる。じつに数百年もかたちを変えて語りつがれる「はなし」である。

『牡丹灯記』は上田秋成の『雨月物語』に影響を与え、秋成に親しんだ京伝が小説のヒントにした。しかし、京伝の『浮牡丹全伝』は全体としては、牡丹灯を提げた女にみちびかれて女郎と契るモチーフなどを使って、芝居の名作『夏祭浪花鑑』の人物名を借りた独自の「はなし」。俵蔵もまた、牡丹灯の女に荒廃した寺へ連れて行かれるモチーフを入れながら、お家騒動のなかで起きる別の怪奇な「はなし」を書いた。

いくつもの「はなし」が互いに呼応して、積み木のような小世界ができあがる。

夏芝居のタイトルは『阿国御前化粧鏡』。

……阿国御前は大名の国もとにいる側室である。殿が亡くなってもまだ若くて色気がある阿国は、「お手廻りでお遣いなされた若侍」と深い関係をもつ。ところが、相手の狩野元信はお家の系図を色じかけで盗んだ上、正室の妹と夫婦になってしまう。阿国はみごとに裏切られた。その悔しさから病になり、男に会って恨みのひと言もいわんと、やつれた身を起こして鏡台に向かい、髪を梳くと「ねじきれし髪の毛より血汐たらたらとおちて」……。

タイトルにある「化粧鏡」とは、女の嫉妬と執念を表現するこの〈髪梳き〉の芸のこと。「二番目の芝居」でも、芸者の累が湯上がりの美しい顔を鏡に映して化粧していると、髪が抜けおち、美しい女の容貌が醜く変る。〈湯上りの累〉といわれるもので、累は元信に味方する与右衛門といい仲だったため、阿国御前の霊がたたったのである。

のちの『四谷怪談』でその場の代名詞になるほど有名になる、お岩の〈髪梳き〉は、俵蔵のこの夏芝居にすでに出現していた。

お家騒動にまきこまれ、跡つぎの豊若を連れて逃げた元信は、侍女に怪しげな御殿へみちびかれ、阿国御前と再会する。「病死されたはず」が生きているのにおどろく元信に、阿国は裏切られた怒りをあらわにし、「今より心を改め、独り淋しき自らが枕の伽を致すか元信」とせまる。「この豊若、命をたとうか……。それとも抱かれて寝るか」と、思わず笑ってしまいそうなことばを投げつけるが、その正体は怨霊で、仏の尊像をかざすとたちまち異形となり、御殿はばらばらと朽ちはてる〈屋台くずし〉となる。


江戸の町の「はなし」を狂言作者が芝居にし、戯作者が草双紙にするのはこれまでにもあった。しかし、戯作者が書いた「はなし」をもとに芝居をつくるのは、稀有なことである。

大芝居の狂言作者は、戯作者とは一線を画していたはずである。「曲亭（馬琴）、山東（京伝）などに心を移してはいらぬもの、草双紙、読本の作者とは心の違いしもの」と三升屋二三治は記している。これはおそらく作者の一般的心得なのであり、師の治助の説くところでもあっただろう。

しかし、俵蔵はその一線をかるく踏みこえ、「山東」の怪談を夏芝居にした。松助の意向もあっただろうが、俵蔵自身、少年のころから親しみ、滋養にしてきた草双子に何の抵抗感もなかったのだろう。芝居は別ものといわれてもピンとこない。高尚とか低俗とかの文字は俵蔵の辞書にはない。江戸の町から吸収した当世感覚をよりどころに当る芝居をつくる。それだけが念頭にあったといえよう。

山東京伝は、当時もっとも人気のあった戯作者である。

深川の質屋の息子だったが、十三歳から亡くなるまで京橋に住んだので「京橋の伝蔵」を作者名に取りいれた。天明五年、『江戸生浮気蒲焼（えどうまれうわきのかばやき）』が大評判となって人気戯作者となり、画才にもめぐまれ、北尾政演（きたおまさのぶ）の名で表情に富む美人画を描いている。才能は多ジャンルにわたり、ウナギの串や犬の足跡を絵柄にするといった奇抜なデザイン遊びものにした。

寛政の筆禍に遭い、戯作から足を洗おうと煙草店を開いたときには、絵文字入りの包装紙をつくり、商品よりそれが欲しくて人々が押し寄せた。

私生活でも吉原の遊女を女房にし、桜田治助、市川団十郎（五代目）らの芝居人、烏亭焉馬とも親しく、版元の蔦屋重三郎を中心とした華やかな交流に明け暮れた。

江戸の空気をいっぱいに吸った無邪気な遊びの精神は、人々の抑圧をやわらげ、なぐさめる機能をもった。

ジャンルはちがってもともにユニークなアイデアマンである松助と京伝、そこに狂言作者・俵蔵がくわわって、この三者には互いに呼応して「はなし」を展開する阿吽の呼吸があり、「はなし」のサイバーネットワークとでも呼ぶべき関係が生まれていたといえよう。

文化六年、市村座の顔見世は『貞操花鳥羽恋塚（みさおのはなとばのこいづか）』。源三位頼政や崇徳院など『平家物語』の人物たちを描き、鳥羽の恋塚の伝説による渡辺亘の妻・袈裟を奪った武者盛遠のくだりが見せ場である。この作も大ヒットした。

六十五歳になる松助が初代の尾上松緑を襲名し、松助の名を息子の栄三郎にゆずったのはこのときである。

芝居を見に市村座を訪れた京伝は、襲名を祝って歌一首を贈っている。

「子の日する野辺の小松にゆずる名を千代のためしにひいき連中」

野辺の小松とは松助の息子のことである。この小松がのちに名優、三代目菊五郎となり、南北との長い交流をつづけていく。

六　江戸好み

南北と親しい間柄だった絵師、五渡亭国貞の『市村座三階ノ図』（図1）のなかに南北のすがたがある。数少ない南北の肖像のひとつで、すでに顔見世の立作者として、一座の中心にいるようすがうかがえる。まじめな顔ですましているが、ふだんは愛嬌のある洒脱なじいさんになっていたのだろう。南北を「一名眉毛」と記したのは三升屋二三治で、本人のいないところでは、「眉毛」とも呼ばれていたらしい。試しに絵を拡大してみると、たしかに両方がくっついて一本になりそうな立派な眉をもっている。俳名だとすれば〈おかしみ〉の作者にふさわしいユーモラスなそれだが、南北が句を詠んだという話はきかない。ただの仇名だったのかもしれない。

その風貌の背後に、意のままにならない作者稼業を「どこか楽天的で、呑気で、洒落な」（『狂言作者の研究』）気風で切り抜けてきた面影が宿る。立作者となったいま、もはや米を買えないような貧しさからは抜けだした。しかし、江戸の巷で育んだ心情は若いころと変わらず、ともに生きる人々と共有する感覚を表現することにこそ、作者としてのよろこびがあった。

生まれてこのかた、南北が見てきた江戸は意外に地方色の濃い町である。参勤交代で田舎から出てくるお国ことば丸出しの侍。上方の出店が多い商家の番頭や丁稚は客との応対も上方ことばである。

不作や災害で村を逃げだした無宿人が住みつく。国もとの藩で禄を食んでいた侍が浪人となって江戸に居つく。さらに、芸人や行商。季節になれば「椋鳥」(渡り鳥)などと呼ばれる出稼ぎがやってくる。人々がつねに集散する植民地的な都市である。

もともと一寒村だった江戸には産業がなかった。暮らしに必要な物資は上方だよりである。油、醤油、酒、木綿といった日用品から、武家の刀剣、絹織物にいたるまで、江戸に必要な物資は「下りもの」でまかなわれた。東海道や海上を下ってくるそれにたいし、江戸や関東各地の産物は「下らぬもの」だったのだが、そのうち生鮮品や近郊で生産される「下らぬもの」に江戸前のラベルがついて「下りもの」より人気が出るようになる。

式亭三馬が雑談を「はなし」に仕立てた『浮世風呂』で、おかみさんたちが銭湯でおしゃべりしている。

「先刻通った人も立派な事さ。髪が上方風で化粧まですっぱり上方さ。鼠縮緬だっけが伊予染に黒裏さ」と誉めるかたわら、「なぜ、あんなに上方風を嬉しがるだろうか気がしれねえよ」とまぜかえす。

「そうさ。あのまア化粧の仕様を御らんか。……鼻の先ばかり一段べたべたと濃くつける風があるが、あれは全体上方の役者が始めたことだッサ」

江戸前の方がずっといいよというプライドが口に出る。

芝居も似たようなトレンドをたどった。

上方でさかんだった人形浄瑠璃は、無表情な人形に演技をさせるため、ストーリーや感情はすべて義太夫が語る。そのため筋立てはしだいに複雑になり、巧緻なものになっていった。元禄時代には団十郎の荒事といった江戸固有の芸も生まれたが、その後の江戸ではおおむね上方の浄瑠璃を移す、あるいはそれに影響された作を上演してきた。

が、南北が修業した年月は世の中のさま変わりと重なり、治助や三笑の時代にはいかにも江戸らしい芝居が誕生した。自覚あるなしにかかわらず、南北は上方の影響を受けつつも江戸根生いの狂言作者としての腕を磨いた。

南北が得意にした世話物、「二番目の芝居」は、いうまでもなく町人たちが主体の現代劇であり、江戸の風俗や巷間で起きた事件が描かれる。

すでに述べたように、文化七年、いまだ俵蔵である南北が出した「二番目の芝居」はいずれも大ヒットで、立作者としての面目をほどこし、また自信を深めた。

その発端のありさまをのぞいて見ると、

『勝相撲浮名花觸』では、柳橋のたもとに繋がれた舟で関取の白藤源太と芸者が逢びきする。つづいて料理屋大のしに出入りする人々の風俗が細かに描かれ、歯入れの権太殺しの事件が組みこまれる。場面は柳橋から薬研堀、神田川、本所と江戸の下町をめぐっていく。

『当穐八幡祭』は、駕籠かきがたむろする大川橋のたもとからはじまり、近くの駕籠屋へと移り、その春に起きたばかりの風鈴そば屋の娘殺しが組みこまれる。

といった風である。

朝夕見なれた何の変哲もない日常の光景が舞台であらためて別の光を浴びてよみがえる。ただの「はなし」だと思って聞いた町のうわさ出来事が、大芝居の舞台で再現される。そのおどろきと新鮮さから、俵蔵の「二番目の芝居」に、これこそ「生世話」だ「真世話」だとの評が浴びせられた。

初芝居『心謎解色糸』に鳶の左七という若い男が出る。

お祭り左七を演ったのは、父の名を継いだばかりの二十六歳の松助（のち三代目菊五郎）で、大人気を博した。左七は自分の革羽織を、気前よく人にやってしまうような若い衆。「そこが江戸っ子だ。初がつおを食ったとおもやァすむわ」。

その松助を評して、大田南畝は「気性においては外にない、ほんとうの江戸っ子じゃと評判するものは　尾上菊五郎（松助）ト小森のお春」と記した。お春とはそのころ人気だった芸者である。

男につきまとわれ難儀するところを左七に助けられるのが、気風のいい深川芸者のお糸。田之助の芸者も大評判だった。

若い松助も田之助も、生のままで江戸の観客にアピールする雰囲気をもっていた。

意気投合した二人は会ったばかりのその場で情をかわし深い仲になる。

この左七という江戸っ子は、じつは武士の倅でお家の重宝を取りもどし、父の無実を晴らすための金が要る。それを知ったお糸は、重宝を盗んだ当人とは知らず、山住五平太という侍の妾になる決心をし、左七のために金を工面しようとした。ものごとをすぱっと割りきる深川気質で、「ぞっこんほれたというわけでもなし、芸者の色と髪結いはかけ流しがよいわいなア」と心にもない縁切りをする。

この偽りの愛想づかしが悲劇を呼び、逆上した左七は入谷の通りで、愛するお糸を刺し殺してしまう。どしゃぶりの雨中の殺し。俵蔵の世話物につきものの凄惨な殺しや濃厚な濡れ場に客は目をみはった。

強い刺激を求めるのは、江戸の世情である。

この殺し場で血綿を使うのでは迫力にとぼしいと、ふんだんに血糊を使ったので、お糸の浅葱縮緬の衣裳はベトベトになる。

ところが、それを深川芸者が争うように買い求めたという。血糊のついた着付けで座敷に出るのを心意気としたのである。評判記の作者は「三十日に小袖三十捨てし、そこが江戸っ子なり」と表現する。

男への心立てがつよく、宵越しの金をもたない江戸気質への共感が生んだエピソードである。評判を呼ぶためのからくりだとは思わないことにしよう。

このころ江戸っ子はあちこちの町中にいて、江戸気質も顕著になっていた。

山東京伝が『通言総籬』でいうには、

「金のしゃちほこをにらんで、水道の水を産湯にあびて、御膝元に生まれ出ては、拝搗の米を喰いて、乳母日傘にて人となり、金銀の細螺はじきに、陸奥山も低きとし、吉原本田の刷毛の間に、安房上総も近しとす。隅田川の白魚も中落を喰わず、本町の角屋敷をなげて大門を打つは、人の心の花にぞありける」

とすると、本来の江戸っ子とは、裕福な身代を湯水のようにつかって遊興した、札差、魚河岸の仲買人といった人種だったらしい。が、その気風はいまや町の職人や商人、芸者にまで沁みわたり、反骨でけんか好きだが人情にあつく、宵越しの金をもたないのを誇りにするような気風を指すようになった。「江戸三代」といわれるが、二百年の歳月は、江戸根生いであることに自分たちのアイデンティティを求める独特の意識を定着させた。

封建社会では、身分や職業がそれぞれのアイデンティティである。俵蔵の芝居には、「二本差しなどこわくねえ」だの「二本差した犬め」といったセリフが飛びだすが、「何が武士だ」と内心思っていても、町人が制度を壊すことは容易ではないどころか不可能である。そこで身分に代わる「心の花」を江戸根生いに求めた。都市では身のまわりに地方人が多いことからも「江戸っ子だい」がアイデンティティになる。身分をはねかえすのは町人の気概であり、ラジカルな感情だった。

この年の俵蔵の世話物三作すべてに出るのが江戸生れの江戸育ち、江戸好みの女形である岩井半四郎（五代目）である（図4）。

先にあげた『心謎解色糸』ではお糸左七の「はなし」のほかに、糸屋の姉妹の色模様が描かれるが、姉妹は半四郎の二役。『勝相撲浮名花觸』では芸者お俊、『当穐八幡祭』も娘と年増の二役に出る。大田南畝は、「何にもかまわず出ると　人のうれしがるものは　岩井半四郎ト人形町のおつる」だとした。おつるもそのころの人気芸者らしい。

半四郎が出ると出ないとでは客の入りがまるでちがう。南北は「かさい金町半田いなり」というセリフを「岩井金箱半四郎」などといわせて、客をよろこばせたこともある。

半四郎は〈眼千両〉と仇名された美貌で、三十路をこえたばかり、役者として油がのってきた時期である。二十八歳で半四郎を襲名し、上方でも評判をとって江戸に戻り、人気は年々上がっていた。二年前、文化五年の『月梅和曽我（つきのうめやわらぎそが）』に出たとき、若女形の〈上々吉〉にランクされ、同年の『時桔梗出世請状（ときもききょうしゅっせのうけじょう）』から『霊験曽我籬（れいげんそがのかみがき）』『高麗大和皇白浪（こまやまとくもいのしらなみ）』『貞操花鳥羽恋塚（みさおのはなとばのこいづか）』とたてつづけに俵

図４　「岩井半四郎所作事」　早稲田大学演劇博物館所蔵
五渡亭国貞が描いた岩井半四郎。その美しさがよく表現されている。

蔵の芝居に出た。

口跡（こうせき）も上方とはちがいごくあっさりしていたという。

「昔より女形はせりふもねばねばしたるものにありしを、この人よりせりふを砕いて、面白く言廻したり」（『俳優百面相』）。

相手方の立役にたいし情をもって接し、妙味のあるこまかい配慮をし、「花の盛りに桜の枝でいくさをするようだ」と共演したある立役は表現した。ただ、愛嬌のある明るい人柄だけに暗い愁嘆場は苦手だったようである。

俵蔵とは気性のうえでもあい通じるものがあったと思われる。

町の人気も絶大で、文化六年、森田座の舞台で使った八百屋お七の衣裳は「半四郎鹿の子」とはやされて大流行した。年ごろの娘ばかりか老婆でさえ半襟や袖口に使ってちらと見せたものらしい。半四郎人気にあやかって、町では「大和屋しぼり」「半四郎小紋」「岩井せんべい」などがつぎつぎと売りだされ、そのコマーシャルが舞台でセリフになる。

芝居は町のメディアである。

文化十年三月南北の春芝居、『お染久松色読販（そめひさまつうきなのよみうり）』の一場、本所小梅のあたりで煙草屋を開いているお六の家に、髪結いの亀がやってくる。

「おや、お六さん、おまえいきまな櫛を拵えたの」という亀に、半四郎のお六が「コレか。こりゃア、この中木挽町の芝居いっての帰りに買ったが、この度新形の杜若櫛というのさ。まだこの外にの、岩井香という油と、松の雪というおしろいが今度の新製サ」

　杜若とは半四郎の俳名である。

　俵蔵＝南北はこの得がたい女形にいかに華をもたせるか、最大限の気を配った。作者にとって役者が大切なのはいうまでもない。舞台を華やかにするのは役者の芸であり、客がよろこび、感動するのも役者の芸である。こればかりは作者の台本がいかによくできていようともどうにもならない。半四郎ならずとも役者の華を引きだすことに南北がいかに腐心したかは、のちに文政の芝居づくりに明白にあらわれる。

　ところで、舞台に江戸の華を咲かせた「二番目の芝居」、じつは三作とも、もとは上方の「はなし」である。『心謎解色糸』は、「本町二丁目糸屋の娘、姉は二十一妹は二十」と古くから手まり唄でもうたわれた「はなし」で、糸屋の姉娘、お房に左七が婿入りするが、しかし左七が心底、惚れていたのは妹のお糸の方で、左七の態度を怪しんだお房が妹のふりをして床に入り、その心をたしかめるといったものだった。江戸では『本町育浮名花婿（ほんちょうそだちうきなのはなむこ）』に改作されて評判を呼んだ。

　『勝相撲浮名花觸』もそうである。お俊伝兵衛の心中事件をもとにしたもので、江戸では『近頃河原達引（ちかごろかわらのたてひき）』などになる。

『当穐八幡祭』は、長兵衛と長吉、二人の関取の「はなし」である上方浄瑠璃の名作『双蝶々曲輪日記』を下敷きにしている。

それらを俵蔵は「書き換え」という手法で、江戸の芝居に仕立てた。この「書き換え」は一般的に行われたが、作者の腕の見せどころは、もとの作をなぞる、あるいは一部を変えるという風に理解しがちだが、むしろ役名やさわりのプロットにもとの作の味を残すだけで、あとは新しい内容に書き改めるというのが適当である。できるだけもとの作から遠ざかり、新作に近い内容を盛りこむ。

客に「おや、いつかどこかで見たような」と思わせるのがねらいだともいえる。Aを予期して行った客は、Zを見せられることに新しい魅力を感じると同時に、かつて接したことがあるような既視感にとらわれる。それがいわば通行手形になる。

『当穐八幡祭』でいえば、もとの芝居に『引窓』の場があり、京都近郊で使われていた引窓を開けたり閉めたりして昼と夜に見立てる。縁者の犯人を逃がしてやる口実に使われるが、その仕掛けを新作では盗んだ金を隠す場所に使うといった風にさわりの部分が使われる。

狂歌の本歌取りとおなじで、おもしろさを満喫するためには、もとの芝居についての知識があった方がいい。作者の腕と見物の知識がマッチングして〈おかしみ〉が伝わればベストなのである。人気芝居の「はなし」が江戸市中に浸透しているのを前提にした手法だといえよう。

「書き換え」には狂歌と似た遊びの要素があるとともに、一度は世に出た芝居をもとにしているのだから、幕府に目をつけられない知恵でもあったと思われる。奉行所は、芝居が事件でも風俗でも実際の世の中をそのまま描いて、社会批判につながるのを警戒していた。

文化八年に出したお達しには、「すべて狂言に近来の諸事雑説等決して綴り申すまじく」とあり、巷の風聞や出来事をそのまま芝居にするな、と命じている。風鈴そば屋の娘殺し、歯入れの権太殺しなどはこの類である。「世上の風義にかかわる」というのがその理由だった。

九ヶ条のお達しは微に入り細を穿つもので、つぎの条には、実際の地名や料理屋の名を使ってはならないとした。『心謎解色糸』で深川の料理屋・松本が舞台になっているのなどがこれにあたる。しかし一方で、吉原、日本橋、隅田川、向島などは従前どおり使ってよいというから、どうも線引きの仕方がよくわからない。

また、殺し場で使う血糊も以前のように血綿にもどせ、とある。お糸が斬られる凄惨な殺し場(『心謎解色糸』)、そば屋の二階で殺された娘の血がしたたる(『当穐八幡祭』)などはダメなのである。

華美な衣裳を用いたり、新しい紋どころをつけるな、世間に通用している本物の銭を使うな、とつづく。

「前々よりの仕来りに習い」ともいうから、「二番目の芝居」が「書き換え」であっても新作同様なのは幕府も承知していたのだろう。お達しは芝居全体に出されたものだが、俵蔵の「二番目の芝居」が主要なターゲットになっているのはあきらかである。

文化九年正月の『色一座梅椿（いろいちざうめとしらたま）』ではついに座元の市村羽左衛門がきつく叱責された上、芝居が上演禁止になる事態となった。本所に住んでいた旗本の養子が、女のことで瓦師の治三郎を殺した事件。南北がそれをヒントに、料理屋や芸者屋の風俗をこまかに描いた。奉行所が『天竺徳兵衛韓噺』のときのように一日、芝居を休ませて検分したところ、役として登場する団十郎（四代目）の木場の文蔵がはだかになって彫物を見せる場面がある。それがお達しに抵触しているとしたものである。

奉行所介入のあと、市村座ではお咎めの一幕をはぶいての上演というめちゃをしたので、筋がとおらなくなり、客が入らなくなってしまったという。

俵蔵の江戸の風趣を盛った「二番目の芝居」は町の評判だったが、対奉行所という点では多難である。

「桜田は御殿　南北濡場書き」との川柳がある。

江戸の桜田門外のあたりには大名屋敷がならんでいる。師の桜田治助は御殿を舞台にお家騒動などを書いたのにたいし、南北は男女の濡れ場や、凄惨な殺し場を描くのを得意とした。それと、北に吉原、南に品川と江戸の南北に色町があるのをかけた句である。

それは南北自身の感覚であるとともに、芝居を見る側の人々のそれでもある。文化文政の江戸好みはつよい刺激にあり、そのトレンドが芝居をつくる側にも見る側にも浸透していた。

七　悪の流行

南北の作でもっとも上演回数が多いといわれているのが、文化五年の秋狂言『時桔梗出世請状』、「一番目の芝居」で時代物である。しかし、そのなかのもっとも南北らしい幕は、いまではほとんど上演されない。

ご存じのとおり、家康が天下を統一し江戸に幕府を開くまで、世の中は信長、光秀、秀吉らの抗争に明け暮れていた。芝居では「出世奴の世界」と称される。「奴」という表現には、権力を奪おうとして戦乱を引き起こす彼らの野心にたいする町人の思いがこめられているのだろう。

太平の世をもたらした家康は、いまや東照宮に祀られる神君であり、興味本位で芝居の題材にすることは毛頭許されない。したがって江戸の芝居に家康の芝居はない。しかし、他の戦国大名、「奴」はおりにふれて描かれてきた。『本朝三国志』『祇園祭礼信仰記』『絵本太閤記』などである。

俵蔵は、光秀の謀反が本能寺の乱を起こし、その報復をする秀吉が光秀と対決するのを描いた。その経緯は大筋で史実に沿っていることになるが、内容は独特なもの。「うそ」の魅力とでもいうか、俵蔵の感覚がつくりあげた五幕である。

まず、「本能寺の場」で、

……武智十兵衛光秀（明智光秀）は、小田上総介春永（織田信長）から武将としていいようのないはずかしめを受ける。

久しぶりのお目どおりに来た光秀にたいし、春永は権力を誇示し、馬に水を飲ませる馬盥（ばだらい）で酒を飲ませ、領地をとりあげ、あげくは光秀が貧窮したころ、夫を支えるために奥方が売った黒髪を一同に見せて、恥をかかせる。サディスティックな春永の仕打ちを耐えに耐えた光秀だが、奥方に「せまじきものは宮仕え」とわが身の不運を嘆き、「君、君たれども、臣、臣たらざる光秀」と、ついに反逆を決意する。

主君にたいする謀反が「悪」であるのは当時の常識。

春永に召されてやってくる光秀は、白塗りに無地の裃すがたでさっそうと登場するが、役柄としてはやがて謀反を起こす「実悪」である。

しかし、けっしてよき主君ではない春永もやはり「実悪」。壺折衣裳に小刀という拵（こしら）えで、顔は赤めに塗っている。

両人とも「悪」なのだ。善と悪の対決ならふつうだが、暴虐という「悪」と謀反という「悪」、俵蔵が描いたのは悪と悪との対決である。

「悪」をかっこよくみせる芝居はすでにめずらしくない。たとえば『仮名手本忠臣蔵』五段目の斧定九郎。おかるの父を殺し、勘平に猪とまちがわれて撃たれて死ぬ定九郎は、もとはさえない山賊の拵えだったのだが、それを中村仲蔵（初代）が、ある日、雨に濡れてそば屋に入ってきた浪人にヒントを得て、黒紋付に大小をさした粋な浪人すがたに変えた。定九郎が一種の情感さえ感じさせ、悪の美を強調する「おいしい役」になったのはそれからである。天竺徳兵衛もある意味で、「悪」の魅力をそなえている。

光秀も悪の美を発散する役である。鼻高幸四郎というニックネームをもつ松本幸四郎は、「悪」を演じるのにうってつけで、寛政十一年には、「実悪」の部でトップにあげられている。春永の沢村源之助も江戸の花形として人気があった。

馬盥で酒を飲ませることから「馬盥の光秀」と呼ばれるこの一幕、二者の「悪」の対決が舞台に緊張感をみなぎらせ、評判を呼んだ。

「悪」を前面に押し出す構成には、ある背景がある。

二年前の文化三年のこと、戯作者の式亭三馬が、『雷太郎強悪物語（いかずちたろうごうあくものがたり）』という黄表紙を出してベストセラーになった。

……イケ面の来太郎はお鶴という女と夫婦になろうとするが、お鶴の父にことわられ殺してしまう。それが運命のわかれ道で、来太郎は盗賊・雷太郎となり強盗・殺人などの「悪」をかさね、最後にはお鶴の弟らの敵討ちに遭うというストーリーである。

敵討ちは曽我兄弟や忠臣蔵など、むかしから人気のある「はなし」で別段のことはないが、この本の眼目は来太郎が「悪」をかさねるところにある。刺激的な非道をこれでもかというくらい書きこんだドライな「悪」の一代記というべきもので、敵討ちはいわば刺身のツマである。

これがヒットして、敵討ちを書けばまちがいなく当るというわけで、戯作者たちのあいだに敵討ちブームが起こり、競うように書かれた。山東京伝はこのころ一ヶ月に三作もの敵討ちを書いている。世の中の空気を共有する俵蔵がこのトレンドを意識していたのはまちがいないだろう。

『時桔梗出世請状』とおなじ年に、おなじ町内に住んでいた版元にすすめられて書いたとかで、俵蔵も草双紙（合巻）を出している。本業の芝居を書く合間に筆を執ったのだろう。『敵討乗合噺』というタイトルで、やはり敵討ちである。

その最後の一行を、

「この草子は、悪人ばかり斬られて、善人はそんじませぬ。こんなめでたい春はない」

と結んだ。「善人はそんじない」というフレーズは、善人がいじめられたり殺されたりすることはないといっている。善人を殺したりする「はなし」が世の中に充満しているが、この本はちがうと皮肉っているのだ。本気で批判しているのではない。『時桔梗出世請状』に「悪」の対決を描き、のちには戯作をしのぐような「悪」の芝居さえつくる南北である。ちょっとアイロニックな〈おかしみ〉を出しただけのことである。

いったい草双紙に「悪」が蔓延したのはなぜだろう。爛熟した江戸の世相に「悪」をはびこらせる理由があったのだろうか。

戯作者たちはどうやら「はなし」の題材に困っていたようなのだ。

寛政の改革の嵐が吹き荒れたころ、戯作者、絵師、狂歌師らの筆禍事件がつづいた。そう遠い過去ではない。処罰された者、江戸を追放された者、自殺に追いこまれた者が出た。大田南畝は狂歌をあきらめて役人になり、山東京伝は戯作を捨てようとしていったん煙草屋を開業した。

京伝は二度、咎めを受けている。

寛政元年に挿絵を描いた黄表紙『黒白水鏡（こくびゃくみずかがみ）』が幕政を茶化したものと見なされ、作者の石部琴好（いしべきんこう）は江戸払い、京伝は過料をとられた。田沼意次はすでに失脚していたが、治世への批判だと受けとられた。二年後にまたも咎めを受ける。洒落本として出版した三部作が風俗を乱したとされ、京伝は手鎖五十日、版元の蔦屋重三郎は財産の半分を没収されてしまう。

京伝にしてみれば、時代風の芝居の趣向で遊女の暮らしや手管などを細かく描いただけだったが、それを幕府は当代のみだらな風俗を描いたとした。

他の戯作者たちも、恋川春町は『鸚鵡返文武二道（おうむがえしぶんぶにどう）』で寛政の改革をちょっと風刺し、呼びだされたが出頭せず、自殺したのではないかとうわさがたった。京伝と親しかった唐来参和（とうらいさんな）の『天下一面鏡梅鉢（てんかいちめんかがみのうめばち）』も絶版になった。

治世はだめ遊廓の風俗もだめとなると、いったい何を書けばいいのか。そこで向かった先が、敵討ちだったという説がある。敵討ちなら根岸奉行も取り上げるような美談である。悪いわけはなかろうというわけだった。

しかし、三馬は敵討ちという弁当箱に残虐な悪を詰めこみ、セールスポイントにしてしまった。敵討ちをまともに書いてもおもしろいわけはなかろう。悪い奴をとことん書いた方が受けるにきまっている。なぐられても素直に倒れない戯作者精神といえようか。もしも改革の余波がこのトレンドを生んだとすれば、幕府にとっては予想外の皮肉な結果だった。

三馬は江戸の版木師の息子で、俵蔵より二十歳も若い。ほかの戯作者とおなじで芝居に目がなく、三馬という名からして、顔見世などで儀式的に踊る『式三番叟（しきさんばそう）』からとったという。若いころに芝居の楽屋にも出入したといわれ、古本屋、薬屋などの仕事をするかたわら、十九歳ではじめて出した草双紙『天道浮世出星操（てんどううきよのでづかい）』は、この世をあやつり人形の小屋に見立て、天帝が下した「善」と「悪」の星が、人間世界のすべてをあやつるといったものだった。その数年前に、理太郎という男の胸中で善玉と悪玉があらそう『心学早染草』を京伝が書いているから、あるいは影響を受けたのかもしれない。芝居をひとつの国に見立て、芝居全般をこまかく絵解きした『戯場訓蒙図彙』も書いた三馬にとって、芝居と芝居小屋がこの世を象徴するものだった。芝居と密接な戯作者である。

俵蔵の「善人をそんじませぬ」は、俵蔵自身が楽しんでいるようなアイロニーだったが、そう書いたことは忘れたかのように、立作者として江戸のトレンドを取りいれ、「敵討物」をたてつづけにつくる。『鳴響御未刻太鼓』（文化五年）『霊験曽我籬』（文化六年）『絵本合法衢』（文化七年）、いずれもそうである。

もともと、悪人に五指をポキポキ折られたり、白刃を突きさしたり、毒殺されたりと、いささか劇画めく残虐な悪のシーンは南北らしさの一端である。敵討ちの芝居に「悪」を盛りこむという流行を見逃すわけはない。

戯作者の側も芝居というメディアから大きな影響を受けてきており、どちらがニワトリか卵かといったところで、両者の呼応が「悪」のブームを呼んだといえよう。

文化八年七月、「二番目の芝居」の『謎帯一寸徳兵衛』は、流行の先を行くようなとてつもない「悪」の芝居である。敵討ちはほんのとってつけで、「悪」の跳梁を存分に見せる。

……大島団七という浪人者がいる。

お家から追い出された日々の放埒な暮らしは、破滅にちかい様相を示している。「悪」の手はじめは、弓道の仲間である大島佐賀右衛門をそそのかし、指南の玉島兵太夫を殺す企みだった。佐賀右衛門もやはり浪人で、藩に推挙してくれない指南に恨みを抱いていた。団七の目的は、兵太夫があずかるお家の名刀を奪って遊ぶ金にすることにある。佐賀右衛門に指南を襲わせ、現場近くに隠れていた団七は、争って傷ついた二人をわが手で殺し、犯人を佐賀右衛門に見せかける細工をする。

さらに自分が殺した兵太夫の娘・お梶を、父の敵を討ってやるという甘言で女房にした。惚れている芸者のお辰に、お梶が生き写しだったからである。その後も団七の遊興は止まず、いさめるお梶に焼鏝で傷を負わせ、先妻の子の幼いお市をつとめに出そうと家を出る。雷雨の入谷通り、追いかけてきたお梶を、お前の父の敵はおれだと明かした上で斬殺する。

悪行はさらにつづく。深川のこども屋、大和屋徳兵衛の女房になった芸者お辰をものにしようとおとしいれる。その策略は、人を介して「こつ」という女から自分にあてた手紙をお辰に代筆させ、「こつ」を「たつ」と書きかえ、お辰から自分への恋文だと見せかける。亭主の留守に、雷ぎらいを装い、お辰とひとつ蚊帳に入った団七は、帰宅した亭主に二人が深い仲であると思わせ、偽の手紙を証拠に夫婦の仲を裂こうとした。

被害者で瓜ふたつのお辰、お梶はじつはほんとうの姉妹で、お辰が幼時にかどわかされて生き別れになっていたという「はなし」。

知能犯と暴力犯をかねそなえたような「悪」の団七である。その実、盗人のように「悪」の世界に生きるいわば専門職ではなく、女との色事もかまえ、何くわぬ顔で暮らしている隣人なのだ。

この「はなし」、現代に生きる私たちにとっても、ある意味でわかりやすい。百万都市になった江戸で人々にまぎれて暮らすひとりの浪人がどういう人物なのか、何をして暮らしているのか、判然としない。それが、都市の闇で起きる犯罪の張本人であり、かたり、だましをも企む。アイデンティティのない男が身ぢかにいる状況が、現代の都会にも通じるリアリティをもって迫ってくる。

南北はこの「二番目の芝居」にも、そのころ実際に起きた事件を入れた。田圃の広がる淋しい場所だった入谷のあぜ道で起きた女殺し。飯田橋のあたりで起きたひとつ蚊帳のなかに入っていた男女の殺し。表向きの繁栄の背後に広がる江戸の闇を描いてみせた。

この力作は評判記では好評だったのに、なぜか不入りだったという。このときも歌右衛門が出演したとなりの中村座は大入りだったから、たぶんその勢いに押されたのだろう。

しかし思うに、団七の「悪」が幸四郎の芸とあいまって、あまりにもリアルすぎたこともあったのではないだろうか。「まこと」らしさが目立つリアリティの過剰は、憂き世を思い起こさせる。ことをおもしろくする諧謔でも、まじめ一辺倒でない無邪気な〈おかしみ〉を、江戸の客は求めていたのかもしれない。

ちなみに『謎帯一寸徳兵衛』も「書き換え」である。任俠の義理と人情を描いた上方の名作『夏祭浪花鑑』を江戸の「はなし」にした。団七も大鳥佐賀右衛門も玉島兵太夫も借りてきた名である。また山東京伝の『浮牡丹全伝』にも似たような名が使われており、狂言回しに浮牡丹の香炉が使われるのも共通している。

ここにも芝居と戯作との呼応が見られる。「はなし」の土壌がおなじだという、あるいはそう錯覚させるためにわざわざ名を借りてきたのだろう。おなじ土壌に異なる「はなし」の家が建っている。

余談だが、タイトルの「謎」と「帯」は徳兵衛の「解く」にかかっていて、音読すると謎を解くともに、帯を解くという色気が伝わるようになっている。さらに外題の背後には、作者が見物に向かって謎を解いてみせましょうと語りかけているような趣きもある。江戸で流行った「だまし絵」のような重層性がある秀逸な外題である。

ひとつ付けくわえておきたいのは、この作がのちに南北が『四谷怪談』をつくる遠因になったことである。舞台を見た松助の息子、のちの菊五郎が、「ああいう芝居をやりたい」と南北にもらしていたそうだ。稀代の「悪」、大島団七は、芸熱心な若い花形役者の心につよい印象を残した。

団七のような役は「色悪」と呼ばれる。
芝居にはさまざまな「敵役」がある。光秀のような「実悪」、天竺徳兵衛もやはり「実悪」、公卿の悪人は「公家悪」、糸屋の番頭は軽い感じの「手代敵」、道化じみた「半道敵」。
「色悪」は一見、いい男のように見えながら、じつは冷酷な悪人という面をもつ。憎々しいだけではない複雑さがある役である。

このころの「悪」の流行は所作事（舞踊劇）にも及んだ。三津五郎が文化八年に踊った『うかれ坊主』の「悪魂踊り」は、「褌ひとつの真っ裸になって、手と足をぶらぶらさせて鳶や烏の真似をしたあとで、扇を持って手足の筋をあっちこっちと出鱈目に延ばすもの」（『舞踊手帖』）だという。改革がはじまったばかりの寛政二年、山東京伝が黄表紙『心学早染草（しんがくはやぞめぐさ）』で描いたのを舞台の踊りにした。

いったいこれはどういう身体表現なのだろう。ナンセンスに〈おかしみ〉を求めるのはわかるとしても、京伝は妙なことを編みだす人である。しいていえば全身がフリーになって何の抑制もきかなくなった表現なのだろうか。まあ、あまりまじめに考えないことにしよう。

人々の善悪にたいする感覚もさまざまで、学者の間では性善説や性悪説が入り乱れた。しかし、大多数の町人はどちらが先でもなく、人の社会には「善」と「悪」があるものだとストレートに考えていたはずである。押し込み、殺し、誘拐、放火などは「悪」であり、忠孝、人助けは「善」だとする。
このころ、その線引きの境界がどこかであいまいになり、「善」のなかの「悪」や「悪」のような「善」

を人々は感じはじめたのではないか。

のちに黙阿弥が「悪に強きは善にもと」の名セリフを生むが、たとえば義賊の人助けはすくなくとも芝居では「善」であり、光秀のように「悪」の役柄でも非道な目に遭う弱者には人々のシンパシーが入る。

芝居の「悪」の流行は町人たちの屈折した感情を内在している。町人たちの「悪」と、支配する側のそれとはまったく同一ではないと理解しなければならないだろう。つねに「善」であれと上からおしつける支配者にたいする感覚的な反発である。

南北の作のなかに〈善悪一如〉という言葉があらわれる。一如とは辞典によると「真如の理が唯一絶対で異なる点のないこと」とある。誤解を生みそうな言葉でもあるが、このころの「悪」の流行の一面を伝えている。

幕府はこのトレンドを警戒し、「男女共凶悪の事」を書くのはまかりならぬというお達しを出した。芝居に「悪」を詰めこむのは、〈おかしみ〉とはいえないが、〈怖ろしさ〉、〈無気味さ〉などに人々の条件反射を期待する諧謔である。ことをおもしろくする諧謔は、人々の心の襞に入ってヴィールスのように活動し、その反応が、あるときは行動さえもたらすパワーをもつことがある。

若いころ〈おかしみ〉の作者と呼ばれた俵蔵は、たんなる〈おかしみ〉にとどまらず、あらゆる手段でことをおもしろくする諧謔の作者へと移ったようである。

八　空間の演出者

『時桔梗出世請状』に戻ると、春永と光秀の確執を描いた「本能寺」の前に、因幡の国の「山崎陣中」の一幕がある。いまははぶかれるのがつねだが、この場を書いたのはほぼ俵蔵にまちがいないとされ、特有のセンスに溢れている。

史実では本能寺の変が起きたとき、秀吉は中国路へ城攻めに出ていた。その戦陣を舞台として想定しているのだが、戦陣といっても鎧武者が闊歩し、武将たちが戦法を議論するような殺風景な陣ではなく、いささか変わっている。

舞台の正面に「誂の切見世」がある。「切見世」とは下級の遊女が男を時間切りで遊ばせるところ。吉原のなかにも江戸市中のあちこちにもあった。ここでは兵卒を遊ばせるための店である。

上手の屋台には「酒肴御料理」の看板が出ている。その「蛇の目ずし」ですしを売っているのが加藤正清（団十郎）。

そのほか毛氈を敷いた葭ばりの「高座」まであり、とんち話のうまい御伽衆だった曽呂利新左衛門が噺家として一席ぶつという案配……。

なんともおかしな、江戸の盛り場を想像させる陣中をこしらえたのが俵蔵の諧謔である。

……下駄ばきの雑兵や任侠風の男どもが行き来する陣中へ、女衒の源五郎（幸四郎）とともに髪結いの八重（半四郎）がやってくる。遊女たちの髪を結う仕事があるからと連れられてきた。

下世話なおしゃべりで、八重は藤吉という男とできて勘当になり、かけおちしたのだが、雑兵となった藤吉は、出世するまで便りはしないといい残して去ったと話す。いうまでもなく藤吉とは久吉（秀吉）で、八重はその女房である。

鳴物が入って、正面の御簾があがると、そこには鰹（勝魚）の刺身をつくっている久吉（三津五郎）。兵たちにふるまうため大将が自ら包丁をとり、呑気にやっているのだ。

それを見た八重が

「ヤ、あなたはどうやらお見うけ申しました」

「ほんにそなたは女房の八重ではないか」

「アイアイ、八重でござんす、おまえは藤吉どのじゃの」

「オオ、我が亭主の藤吉じゃ」

「ヤレヤレ、ようマア息災でござんした。会いとうござんした」

と久吉八重の対面になる。

場内が笑いと拍手で湧くのが目に見えるようである。

八重は即刻、髪結いから大名の奥方である。
つづくのが夫婦げんか。大名であっても亭主は亭主、女房のことさえ忘れてお前は……とお定まりの愚痴をこぼし、かんしゃくを起こした八重が久吉の胸ぐらをとり、久吉が八重をつきたおしたりと大さわぎ。
この陣中には敵や春永のスパイなどが入りこんでいる、といった筋立てのあいだに、ご機嫌ななめの八重に江戸の芝居見物をさせようというくだりが入る。
久吉「久吉がゆるすほどに遠慮のう見物に参るがよい。しかしいぜんかるがるしゅう参ったときとはちがうほどに、随分とついえをいとわず、恥ずかしゅうないように見物いたすがよかろう」
源五「さようでござりまする。お大名の奥様の御見物だ。その日は私が当日のお世話を仕りましょう。お茶屋はどれにいたしましょうな」
八重「どうなとおまえ、よいようにおたのみ申まするわいな」
源五「よし、承知しやした。葺屋町の茶屋なら心安いのがいくらもござりやす」

八重「定めし桟敷でござんしょうの」
源五「そりャしれたことでござりやす。大名の奥さまが落間でも見られやすまい。わたしもその日
　　には御一所に参って、お大名の威光をかりて、思入にほめやしょう」
八重「おまえ、誰をほめなさんすえ」
源五「わしがほめるは杜若に坂三ッ、イヨ大和屋に大和屋、高麗屋、有りがとうござりやす」
久吉「アヽ、芝居で役者をほめるは、さようなものかな」

地方の戦陣で江戸の芝居見物もないものだが、まじめに考える方が野暮というものである。演じる方も客も「うそ」を承知でこのコミカルなシチュエーションを楽しむ。こうしたやりとりは部分的にいまの歌舞伎でも生きていて、演技の最中に役の人物が生身の役者に似ているといって笑いをとる。江戸の芝居小屋では本筋からはみだす余白で客を楽しませるのはごくふつうのことだった。

夏芝居の『阿国御前化粧鏡』で、坂東善次が駄荷蔵というふざけた名の馬子役に扮し、訴人して褒美にありつこうとして、逆につかまり、

「何の事だ。これじゃア、築地へ帰られまい」

となげく。善次は仇名が「築地の善公」だったといい、住まいが築地にあるのを見物も知っている。

南北芝居のレギュラーで道化役を得意とし、あざらし入道、さぼてん次郎など変な役で〈おかしみ〉

を演じた役者である。

「引き立い」

「立っております」

駄じゃれの駄荷蔵である。

これなどたんなる駄じゃれで「地口」の一種にすぎないが、現実味のある〈おかしみ〉を散りばめることで、芝居小屋の空間に活気をもたらす。役者と客のあいだに芝居からはみだしたマインドコミュニケーションが成り立つのを期待した。

〈おかしみ〉を好み、〈おかしみ〉に敏感な江戸人はそのための方法をいくつももっていた。

複数のものを幕の内弁当のように詰めあわせるのが「吹寄」である。複数のものを一緒にして総合的にひとつのものに仕立てるのが「綯い交ぜ」。身のまわりの現実と芝居とを混同させるのは、「吹寄」的感覚と呼べるだろうか。

南北はほとんど無意識的にこれらの方法を駆使し、熱い空気をかもしだす。「うそ」と「まこと」を混合して、芝居小屋をその境界にあるような独特の空間に仕立てるのが得意だった。団十郎の住まいを舞台にし、団十郎に本人の役をつとめさせる。また当時有名だった新梅屋敷（いまの百花園）に、出演中の役者たちがそろって遊びに来る場の設定など……。

『天竺徳兵衛韓噺』に、帰国した徳兵衛が天竺の物語をするくだりがある。

「デビヤタイよりこの堂（釈迦堂）まで、三四十里の町つづき、釈迦はすなわち立釈迦寝釈迦の尊像、立釈迦の背の高さが十三里、小指の長さが八十間、堂の柱の廻りを七十ひろの真綱でまいてみましたが、三分の一も届きませぬ。仏さまのからだの内に幅八間の通り丁が三筋までござりまする。これを釈迦堂町と申しまする。ところで大象を見ましたが、日本の廿日鼠程に見えまする」（改字筆者）

と述べたてる。

これはのちの『天竺徳兵衛万里入船』の台本だが、初演でもおなじようなものだったにちがいない。江戸の芝居でなくとも、アドベンチャーにはホラがつきもの。コロンブスやマルコポーロの航海記にも地上の楽園、犬頭人、人を食うチパング島など、人をおもしろがらせるホラ話が出てくるから、特段珍しくはないが、このあと、

「商人共が夜みせを出しまして、月に四っ日の市がたちまする。そこでここを天竺の四日市。その横町通りの町は、皆芝居でござります。あるいは歌舞伎、あやつり、その外軽業、ちから持ち、いやもう賑やかな事でござりますわい」

天竺にも芝居町があり市が立ち、うそ八百は江戸の身ぢかな日常にかえる。

これは〈おかしみ〉の方法論でいえば、「見立て」にちかいだろう。もともと関係がないものの片方でもう一方をあらわす「見立て」は、『忠臣蔵』や『道成寺』にも出てくるように、江戸で広く流行したことば遊びだった。

平賀源内や山東京伝らの戯作者も、架空の「はなし」にこうした一片の日常性を入れる遊戯的な方法を頻繁に使った。孔子や孟子を江戸に連れてきて吉原見物をさせるといったとんでもない想像力で〈おかしみ〉を誘う戯作もあったという。

南北は上方の作を「書き換え」て、江戸の芝居に仕立てたように、「綯い交ぜ」も得意だった。これにも知的な遊びの要素が入っている。複数のものを一緒にするわけだが、何がどういう風にひとつになっているかが分かればおもしろさが倍加する。やはり〈おかしみ〉を求める精神からはじまったタクティクスである。それを方法論として諧謔を生みだす。

文化十一年弥生三月の芝居、『隅田川花御所染（すみだがわはなのごしょぞめ）』はそのひとつ、お屋敷づとめの娘たちが宿下がりをするのをあてこんだ春芝居である。

……芝居の発端は、桜が咲きほこる浅草・新清水寺。

遊山におとずれた入間家の人々に、花子・桜姫という姉妹がいる。姉の花子（半四郎）には、吉田家の松若（団十郎）という、いまだ顔をあわせたことのないいいなずけがあるが、謀反を企み鎌倉方から追われているとのうわさ、生死すらわからない。世の無常をはかなんで、花子はこの日、仏門に入る覚悟だった。局の岩藤、尾上らが見まもるなか、満開の桜のもとで黒髪をおろした花子は清玄尼として仏の弟子となる。

美しい女形・半四郎が、豪華な姫の衣裳から一転して墨染めの衣に変わる、これも客席がどよめくセンセーションを期待するひとつの諧謔である。

この芝居は、桜姫に恋して破戒僧となる「清玄桜姫の伝説」を、半四郎が尼僧として演じるから「女清玄」とも称される。

……そこへ妹の桜姫の、やはり未対面のいいなずけである頼国（団十郎）があらわれる。じつは姉のいいなずけ・松若である。道中、源氏に味方する頼国を切った松若は、追手の目をくらますため頼国になりすましていた。

姉のいいなずけが妹のいいなずけの名をなのってあらわれたことが姉と妹の確執に発展する。

この「取り違え」は〈おかしみ〉のもっともシンプルな技巧として指摘される。桜姫は頼国を自分のいいなずけと信じて行動し、清玄尼もまた絵姿から自分のいいなずけにちがいないと思う。

作者はどちらがほんとうだろうと惑わせ（見物にはわかっているのだが）、この「取り違え」の行方を楽しませつつ、姉妹の確執を描く。本質的にはコミカルなのだが、事実を明かすことより、清玄尼が桜姫に恨みを抱き、殺そうとまでするおどろおどろしい南北流の諧謔に至る。

このくだりは「梅若伝説」がもとにある。

平安のころ、吉田少将の子・梅若は、人さらい忍ぶの惣太にかどわかされ、隅田川畔で病にかかり命を落とした。わが子恋しの一心で、東国の果てまであとを追ってきた母・班女は、この地で梅若の死を知る。母は妙亀尼となって、梅若の菩提を弔うが、やがて発狂して鏡ヶ池に身を投じたといわれる。

白髭橋の手前、橋場一丁目のあたりに妙亀塚があり、北の対岸には梅若を供養する寺、木母寺が現存する。この「梅若伝説」は能の『班女』になり、近松門左衛門の『雙生隅田川（ふたごすみだがわ）』など多くの芝居が書かれて「隅田川物」といわれるようになった。

発端のあと、お家をくつがえす陰謀に加担する岩藤が、尾上とあらそうのは加賀騒動の『鏡山旧錦絵（かがみやまこきょうのにしきえ）』などにある「はなし」である。

こうして「清玄桜姫」「梅若伝説」「鏡山」と三つの「はなし」の類型を、南北は「綯い交ぜ」て一作を仕立てた。

〈おかしみ〉を求める精神は、いろんな方法論で遠心的に広がり、総体としてことをおもしろくする諧謔の成立へ向かっていった。

南北の芝居に登場する、駝鳥のかぶりものをまとった人物、乞食風の公卿たち、売春夫といった奇抜な人物たち、よく使われる棺桶や死人の蘇生、幽霊も見物の心に感情のさざ波を起こし、芝居小屋を人々の息吹きで満たす。そのための諧謔の手立てである。

大名に裸踊りをさせたのには、役者の自前の衣裳代が安くてすむのでいいだろうと思ったら、正月の芝居で寒くて震えあがったというエピソードを生む。それ自体「うそ」か「まこと」か判断のつかない諧謔の匂いがする。

　諧謔には「山崎陣中」のような明るいものもあれば、人の生死をも遊ぶような恐るべきものもある。それは臨終にさいして自身の死を諧謔に仕立てたように、年若いころから身についた、終生変わらない流儀だった。南北の芝居づくりの原点は諧謔にあったのではないかと思われる。

「近世江戸狂言のしくみ、南北翁がために一変す」（花笠魯助）といわれるほど、南北の芝居づくりはきわだっていた。あくまでことをおもしろくする諧謔を追求する「過ぎたるもの」の過剰は何にもとづいていたのだろう。


　江戸の芝居小屋では時々、いまでは考えられないようなことが起きた。

　舞台上で他の役者を非難した事件もそうだが、舞台上の役者が客と口げんかすることもある。役者が下手だと半畳（ゴザや座布団）を入れたりする客もいる。

　逆に、胸のすくような口跡や演技、共感できるものにたいしては惜しみなく反応した。

　良くも悪くも舞台と客席とがつねに対話している密度の濃い空間だったといえよう。掛け声が飛び拍手があれば、役者はそれに応えて演技にいっそうの性根を入れる。祭儀や祝祭の空間とも表現されるが、神前で演技する芸能の源は行事などに継承されているものの、つねにそれが意識されているわけではない。より生々しい人と人とがかかわる空間だった。

芝居見物ともなれば、女性は前夜からそわそわして落ちつかない。出かける寸前まで目一杯にお洒落をする。何を期待するのかといえば、それは特別な空間で、日ごろの自分ではない解放された自分を見出すことだったのだろう。

狂言作者はその期待に沿うことを念頭に置いている。芝居小屋は暮らしの日常空間とは異なる独特のそれでなくてはならない。役者が客の五感を開放するための芸を見せるための芝居をつくる。諧謔はその武器であり戦略だった。長い年月に、体内にいっぱい詰めこんだ諧謔をばらまいて、江戸のフリーゾーンをつくるために……。

九　もうひとつの顔

芝居の初日が近づくと、町なかの目立つところに辻番付が貼りだされる。銭湯や床屋、商家の門口などである。また芝居茶屋やひいきの客筋にも配る。芝居の名題はむろん、登場人物の絵も入っていて、その下に主役の立役、二枚目、女形、狂言作者の連名も並ぶ。

辻番付は芝居好きの人々がいつも心待ちにしているもので、相撲の番付とともに町の風物詩ともなっていた。とくに十一月の顔見世の場合は、向こう一年間の役者、作者の顔ぶれがそろい、町のうわさをかきたてる。

芝居番付ならずとも番付は町の評判の種である。町なかの各所では見立番付なるものが売られていた。あらゆるものを横綱はだれ大関はだれと相撲の役に見立てて格づけする。芸者の番付を見てあの芸者を呼ぼう、菊の番付であの染井の植木屋へ買いに行こうと具体的な行動におよぶこともある。

町の評判娘、名木名花、神社、仏閣、地震、火事、何でも見立番付になった。長者番付はむろん、貧乏人の番付もあったという。自分の名が載っていたらあまりいい気分はしないだろうに……。

何でも遊戯化するのは江戸人の得意とするところだが、今日のベストテン選びのような見立番付には、お遊びであっても選者がつける順位が評価につながる点、多少のクリティック、価値観を含んでいることになる。

戯作者たちの見立番付もあった（図5）。文化十年に発行されたというそれを何げなく見ていると、横綱はなしで大関が山東京伝、関脇が式亭三馬、小結が十返舎一九となっている。行司に曲亭馬琴、勧進元に立川（烏亭）焉馬があがっている。

そのあとの方、前頭十四枚目に注意しないと見落とすほど小さい字で、姥尉輔という名があり、アレと思った。この姥尉輔とは南北のことなのだ。数枚下には、やはり狂言作者の篠田金治も入っている。どうやらこのころ、狂言作者が戯作の分野に入ってもおかしくなかったらしい。

たしかに南北は草双紙の筆を執った。

例の「善人はそんじませぬ」の『敵討乗合噺』（姥尉輔作、歌川国貞絵）を出したのは文化五年。姥尉輔という筆名は、住んでいた高砂町にちなんで能『高砂』の尉と姥とからとったものらしい。つづいて六年に『復讐処高砂』、これも高砂だ。九年に『恋女房讐討双六』。いずれも流行の敵討ちの「はなし」である。

その後、『増補青本年表』では南北は七十七もの草双紙を書いたとされているそうだが、この数字はにわかに信用できないとしても、生涯に二十以上の草双紙を出したのはたしかで、それなら戯作者のなかに入れてもおかしくない数字である。

たんに狂言作者だったただけではなく、自身が戯作者でもあったのだ。だれが見立番付の選者なのかわからないが、それまで数作しか書いていないのでは、前頭なのは仕方ないだろう。

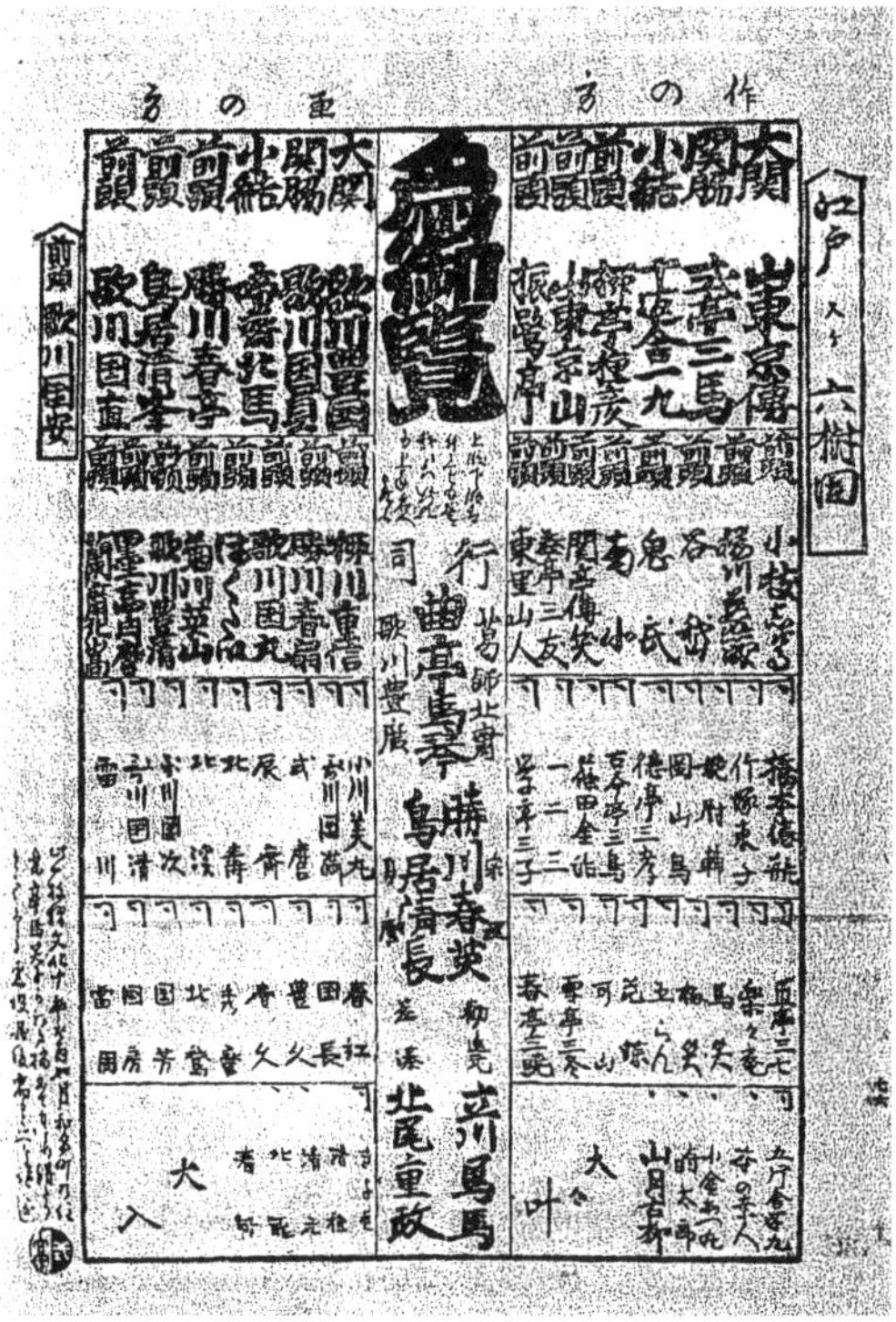

図5　見立番付　『引札　絵びら　錦絵広告：江戸から明治・大正へ』（増田太次郎著、誠文堂新光社、1976年）より

……『金比羅御利生敵討乗合噺』は、紛失したお家の名刀を探していた父が行方不明になり殺されたらしいというので、息子の民五郎が敵討ちの旅に出る。やっと敵にめぐりあって、いざ果し合いというときに、生きていた父があらわれる。井戸に投げ込まれた死体は父のはずが、名刀を盗んだ盗賊のものだったとわかり一件落着。こんなめでたいことはない、すべては金比羅のご利益だとして参詣に出かける、というもの。南北（いまだ俵蔵だが）は、三馬の『雷太郎強悪物語』の影響を受けて、これを書いた。角書に「金比羅御利生」とあるのは、三馬の「浅草観音利益仇討」を意識したものである。

この「はなし」に、お岩という女が出てくる。むろん『四谷怪談』のお岩とは関係ないが、共通点はどちらも幽霊になることだ。お岩の幽霊というアイデアが十数年も前に出ているのが興味深い。

……お岩は色好みで、人妻でありながら民五郎に惚れ、恋文をおくったのが露見して離縁されてしまう。越中立山の実家へ帰ったところ、敵討ちに出た民五郎がたまたまその家に宿を乞うという成り行きになる。

お岩は一匹の狐を飼っていた金六という男にだまされたことがある。狐に同情を寄せさせて金銭をだまし盗る手管にひっかかった。悔しいので金六をやっつけに行くが、お岩にいじめられたことがある狐がお岩を化かしてしまう。そして狐が猟師の鉄砲に打たれて死ぬと、お岩は化かされたまま、もとに戻れないという滑稽な事態になる。冥界にも行けず現世にも戻れず、幽霊のままでいるしかない。そこで幽霊の乞食になり、やはり幽霊となった金六と幽霊どうしの結婚をし、幽霊村は栄える。

この奇妙な「はなし」には、ばかばかしいけれどナンセンスな〈おかしみ〉がある。当代きっての狂言作者になりつつあった南北らしさがのぞく。

戯作を書くにしても南北は狂言作者であることを意識のうちにおいて、芝居と関連づけている。『敵討乗合噺』というタイトルは、過去のいくつかの芝居に見られるし、お岩の挿絵は絵師の五渡亭国貞が画いたが、松助の似顔になっている。『復讐処高砂』も別名が『松緑高砂話』で、これも松緑を襲名した松助がらみの「はなし」に仕立てた。いわば夏芝居の盟友への引き出物である。

こうして南北も「はなし」のプロのひとりとして見立番付におさまっているわけである。

いったい江戸の「はなし」の奔流の源はどこにあるのか。

口でしゃべる「はなし」は、講釈師がまるで見て来たように町の辻で話して、人々の情報源になっていたが、焉馬らの「咄の会」から育った落語（おとしばなし）は、江戸ことばのマネなどから寄席の芸の柱になった。ベストセラーになった三馬の『浮世風呂』や『浮世床』は、落語の語り口に影響されたといわれている。

読物では、京伝が敬愛し、三馬が尊敬し、南畝が親しい友人としてつきあった平賀源内を忘れるわけにいかないだろう。

源内の『風流志道軒伝』という読物は人気講釈師の伝記という体裁だが、とてもそれだけのものではない。江戸の巷のうわさ話から、一年の行事や場所の特色をならべ、その果ては日本を飛び出して『天竺徳兵衛』のホラ話のように空想をめぐらせ、インドやオランダをはじめ、奇妙な架空の国をめぐって、ついに女護ヶ島まで行く。

また大仏の掌ほどもある源内の仕事のなかには、ポルノまがいの『長枕褥合戦(ながまくらしとねがっせん)』『痿陰隠逸伝(なえまらいんいつでん)』や『男根譚』なるものまで手がけ、一方でまじめな人形浄瑠璃も書いた。いまも上演される『神霊矢口渡』がそうである。

戯作者たちはことばを使うものなら何でも手がけた。商家の宣伝文である引札もむろんオーケーだった。源内はもちづくしのことば遊びで餅屋の引札をつくり、土用の丑の日にウナギをすすめるキャッチフレーズも有名である。商家はいい引札をつくるために戯作者を重宝した。いまや百万都市の江戸は、衆知のための宣伝が不可欠である。

京伝は饅頭屋や、風流業平飯、季節落雁、両国柳橋の料理屋大のしと、引札稼業大繁盛である。式亭三馬はおばァ団子、本生蠟燭所などを手がけ、本業のかたわら「江戸の水」という化粧水を売る店を本町一丁目にもっていたが、「おしろいのよくのる薬江戸水」のキャッチフレーズをつくり、自作のなかにもとりあげて宣伝につとめた。すると、はるか京の薬屋から江戸支店をやってほしいという話が舞いこむという具合だった。

大田南畝は京御菓子、曲亭馬琴は大和鮨、烏亭焉馬は団十郎煎餅や白酒、江戸前大蒲焼に江戸の花御煙草入と枚挙にいとまがない。

「はなし」のプロフェッショナルたちは、名所案内、見立番付、遊女の評判記など人々の好奇心を呼ぶものなら何にでも手を出すようになり、まるであらゆる食品が並ぶデパ地下風の仕事ぶりである。依頼する方もナンセンスやユーモアで老若男女を楽しませる彼らの感性に期待した。人気戯作者に引札を依頼すると半年も待たされることがあったという。想像力で人々の好奇心をかきたてる。「うそ」も「まこと」も表裏一体なのは、これまた吉原の遊女の手管とおなじである。

一方言だった江戸ことばがしだいに世の中に定着し、本業の「はなし」の裾野も大きく広がった。古くからの伝説や物語に加えて、草双紙、落語、講釈から町のうわさばなしにいたるまで、「咄」や「噺」や「話」がいたるところに転がっている。


その一郭に芝居がある。

くりかえすが、若いころから町の草双紙に親しんでいた南北は、自身が草双紙を手がけることになってても何ら抵抗はなかった。世の人々に慰めや情報をもたらすのは、芝居も戯作もおなじこと。「山東や曲亭に心を移してはならない」とした大芝居のプライドなどとは無縁である。

芝居にも戯作に影響された痕跡がすくなからずある。

夏芝居『彩入御伽艸』で悪人の浅岡鉄山が、幸崎という女を閉じ込め、女籠の印のありかを白状させようとする。

「ヤイ幸崎、いわねば今夜も指一本、もう明日で十本はみな落とす……」

とおどし、血刀と切りたる指を持って堂のなかからあらわれる。直後に出てくる幸崎は「やつれたる女形にて、色青ざめ、あら縄にて両手をしばられ、九本の指を切られ両手より血ながするる」すがた。

南北の残虐趣味としてよく引用されるこの場面の下敷きは京伝の『安積沼後日仇討』。それには「屏風の縁にかけたる五つの指、ばらばらとこぼれ落ちて」と表現されている。のちの『四谷怪談』で、伊右衛門の浪宅に薬を盗みに入った小仏小平が捕えられ、指を一本ずつ折られる場面にもつながる。

また、隠亡堀から家に帰った直助を、盥のなかから手を出して、お岩の怨霊がおどすのも京伝の『かしくの仇討』にあると指摘される。

逆に芝居が「はなし」に影響したケースも多い。

夏芝居、『三国妖婦伝』で「倅の腹を裂けといいつけて、伯邑孝に琴をしらべさする」。琴の調べを楽しみながら腹を裂く残酷趣味が大当りだったといい、京伝は翌年に出版された『糸車九尾狐』で狐がついた婆におなじ趣向を使ったとされる。

戯作と芝居、両者は呼応していたが、それどころか、南北と京伝が示しあわせて書いたような節さえある。

『糸車九尾狐』が出版されたのは芝居の翌年のことだが、芝居と同時期に書いたと京伝が述べていて、想像をたくましくすれば、おなじような趣向を話しあったのかもしれない。「おなじ趣味、おなじ傾向、おなじ意匠、おなじ脚本」とこのころの草双紙について指摘したのは坪内逍遥である。すくなくとも共通する水面下の感性が存在していたようで、そこに何らかのメタファーが込められているような趣きさえ感じられる。

のちに南北は前篇を『女扇忠臣要（おんなおおぎちゅうしんかなめ）』、後篇を『いろは演義』とする「はなし」を書いた。忠臣蔵を題材にした草双紙で出版は文政になってからだが、それには文化十二年に芝居にしようとしたが、当てこんだ役者がばらけてしまって上演できなくなり、屏風の下張りにでもしようと放っておいたのを、絵師の五渡亭国貞のすすめで本にしたとの口上がある。それを信じれば、立作者をつとめるようになってからはじめて、忠臣蔵の世界に挑戦しようとしたことになる。

その年、南北は五月から河原崎座につとめていて、主な芝居はその月の『杜若艶色紫（かきつばたいろもえどぞめ）』と七月の『慙紅葉汗顔見勢（はじもみじあせのかおみせ）』だが、九月の一番目は南北のものではなく『仮名手本忠臣蔵』が上演されている。あるいは想を練っていた自作ができなくなったのはこのときかもしれない。

草双紙の冒頭で、このころ亀戸に住んでいた南北は、「亀戸のうちの鮒作者、釣りにいって大河にいたらば、今流行の作者に逢て、鼻柱を打たれんに」と忠臣蔵にひっかけて、自分を鮒作者と謙遜した上で、「ア丶笑止々のしょうこりなく、実から出た嘘つきが、大人の残す仮名手本のうらを見付て、悪筆のにじり書」をしたと述べている。

この「はなし」、「実から出た嘘」というようにむろん史実ではない。『忠臣蔵』を下敷きにして、後日談を仕立てた。南北が目をつけたのは、『忠臣蔵』のほとんどの人物たちが命を落とすところである。首尾よく討入りを成功させた四十七士をはじめ、塩冶判官と敵の高師直をはじめ、鉄砲玉で死ぬ定九郎、切腹する勘平、定九郎に殺されるおかるの父与市兵衛、加古川本蔵、まったくよく死ぬのが『忠臣蔵』である。

さて、あとに残された者はといえば、討入りから脱落した不義士、それに女たちばかり。そこで南北は彼や彼女たちの後日を描いた。端的にいえば、あとに残された女たちと不義士の「はなし」である。

……討入りが成功して、夫・由良之助と息子・力弥を亡くした未亡人お石は、息子の嫁・小浪と下女のりんを連れて旅に出る。駿州の浮島まで来て、一夜の宿を乞うた庵室、そこは髪をおろした高師直の未亡人・富の方の住まいだった。不義士の近藤源四郎が奥方に仕えている。

小袖の紋や、仏間の位牌の紋からお互いに相手の素性を知って、系図をめぐる騒ぎになる。富の方は逃げ、小浪を奪い去られたお石は自害し、下女のりんが行方を追って、奪われた系図を取りもどさんと誓う。

ここまでが草双紙の五段目までで、六段目になると、南北の想像力はさらにたくましく飛躍する。

……事件から一年経った夏。

祇園につとめるおかるが、勘平と兄の平右衛門、父の与市兵衛の一周忌で、山崎の実家へ帰ってくる。

おなじころ、勘平の二ツ玉に撃たれて死んだ定九郎となじみだった女、まむしのお市も墓のある寺をたずねて山崎へさしかかる。お市は十四の年から逃げはじめ、京大坂の廓を転々とした食いつめ女。一夜の宿を頼んだのが、たまたまおかるの実家で、母・おかやが落とした文を元手に、五十両をゆすろうとする。

ところがお市の楊枝袋に、親は塩冶の家中、小野寺十内とあり、またおかやは若いころ、腰元だったとき主の小野寺十内の子を産んだことがある。まむしのお市はおかやの娘で、おかるにとっては姉にあたると判明する。

その場に居合わせた角兵衛獅子はじつは石堂家の侍で、お市のかつてのいいなずけ。裏切って逃げたお市は、腕に定九郎女房と刺青までしていいかわす仲だった。

おかやにとって娘が夫を殺した定九郎の女房である。

『忠臣蔵』をひっくりかえす何ともややこしい血縁だが、この因果がめぐる結末は、蚊遣りのなかの二ツ玉が爆発してお市は死ぬ。定九郎の一周忌に、おなじ二ツ玉が命を奪うことになる。

つまり生き残った人物たちが演じる『忠臣蔵』のパロディである。

草双紙の「はなし」が、未上演の芝居そのままであるかどうかはわからない。諧謔に富む南北のことで、そういう体裁にしたとも考えられる。

しかし、草双紙が出る前の文政四年、南北はやはり『忠臣蔵』の後日談である『菊宴月白浪（きくのえんつきのしらなみ）』をつくった。あとで述べるが、定九郎をいわくある盗賊にし、おかるは定九郎と一夜をともにした女俠であり、草双紙と似たようなシチュエーションがあるから、当初の「はなし」を芝居に発展させたと見てまちがいないだろう。

おなじ年に出た『四十八手本裏張』も『忠臣蔵』を題材にした草双紙である。序文に「百有余年の今に至りても、尚廃れることなく、わけて近きころ、操、歌舞伎の両座において、大道具、大仕懸けのあらたなる工みを顕すといへども、狂言は古の仕組にさらにかわらざるは、是等を名作ともいふなるべし」。

『忠臣蔵』は名作なのだとした上で、名作に描かれていない裏側を架空の「はなし」に仕立ててみせた。

狂言作者の立場をはなれ、「うそ」と「まこと」をミックスして、庶民がよろこぶ草双紙に仕立直す遊びに、南北は芝居同様の、あるいはそれ以上の楽しみを感じていたのではないか。芝居につきもののいろんな制約をはなれ、ひそかなよろこびをもたらすものとして。

それは、『菊宴月白浪』『仮名曽我当蓬莱（かなでそがねざしのふじがね）』から『東海道四谷怪談』にいたる忠臣蔵の世界に挑戦した芝居に結びつく。

狂言作者は「文人にして文人にあらず」という文言は、南北にはあたらない。「狂言作者にして文人」なのである。戯作者とおなじフィールドに立って、江戸の「はなし」を盛りあげた語り部のひとりであり、南北自身が江戸の世間から聞こえてくる「はなし」のお客だったといえよう。

十　悪婆と姫

南北の芝居には妙な名で呼ばれる女たちが登場する。
うんざりお松
土手のお六
三日月お仙……。
女性であることはすぐわかるが、役名から彼女たちの正体を想像するのはむずかしい。ふつう、世話物の町人たちは、男なら路地番、植木屋、肴売り、丁稚、駕籠かき、料理人、薬売り、船頭など、たいてい仕事で識別され、それに名をつけて歯入れの権助とか路地番の次郎となる。女なら芸者など職のある者のほかは、母だれそれ、女房なにがし、娘、下女、乳母など、家庭内の役割りがからむ。
ところが、三日月お仙、土手のお六では仕事も立場もはっきりしない。名前から江戸のアイデンティティが消滅してしまった彼女たちは何者なのか。ユーモラスで奇妙な役名が、江戸の女たちの枠にはまらない特殊性を示唆している。

時代物の女の役には「傾城」「赤姫」「女武道」など役の類型がある。それでいえば主として世話物に登場する彼女たちは「悪婆（あくば）」と称される。

語感からは安達ヶ原の鬼女のようなもの凄いイメージが浮かぶが、けっしてそうではない。三十を超えるか超えないかの年増で色気もある女である。「婆」は老女を意味しない。

「悪」の字がついているように人を殺すこともあればゆすりをはたらくこともある。しかし根っからの「悪女」というより、情がらみで「悪」をなすようになる。当時の女としての枠に収まらないといった感じがこめられている。実際、「悪」にも加担するが、公序良俗の枠に収まるのを「善」とするなら、「善」ではないという意味での「悪」なのだろう。

はじめて芝居にあらわれたのは寛政四年、俵蔵こと南北が三十八歳の年である。文化文政から見てそう遠い過去ではない。河原崎座の顔見世で、半四郎（四代目）がやった三日月お仙がそれで、南北ではなく増山金八という作者がつくった役である。

お仙は切見世の女である。『時桔梗出世請状』の「陣中」にもあったように、客を時間切りで遊ばせる最下級の遊女。半四郎は切見世の女がどんな風か見たことがない。そこで役づくりのために三田の岡場所へ行き、下見をしたというエピソードがある。

それまで芝居にほとんど縁のない場所であり、役柄だった。

歌舞伎の役に、新しい類型が出現するのは稀有なことである。

先代の半四郎が演じたこの「悪婆」を、南北は当代の人気女形である五代目のために書いた。先代から当代への役の継承にはちがいないが、役としての輪郭をはっきりさせ、大きくしたのは南北だといえるだろう。

はじめて三日月お仙を登場させたのは、享和三年の顔見世『大和錦吉野内裡（やまとにしきよしのだいり）』だったという。そのときは二枚目の作者だったが、立作者になった文化五年の顔見世『四天王櫓礎（してんのうやぐらのいしずえ）』に、やはり三日月お仙を出した。

お仙はふとしたことから一日五十両という破格な金で源頼信の館へ買われていく。何をいわれようと「内侍でござる」と答えればよいといわれ、教えられたとおりにおなじセリフをくりかえす。下層の女が朝廷の女官に化けてみせる〈おかしみ〉である。

「芝居である言葉を繰り返すときのおかしみは、どこから来るのであろうか。この極めて単純な問に満足な仕方で答えている滑稽の理論を探してみても骨折り損になろう。」と『笑い』の哲学者ベルクソンは自問する。

何だかわからないが、おかしいのである。

「それが我々を笑わせるのは、それ自身全く物質的な一つの遊戯の象徴たる、精神的要素から成る或る特殊の遊戯を、それが象徴しているからに外ならない」。

わかってもわからなくても、哲学的にはそういうことである。

南北は、いや江戸の人々にとっては日常感覚にある自明の〈おかしみ〉だった。くりかえしやとりちがえが人の緊張を解く「弛緩の運動」を起こすことを肌で知っていた。

二年後の文化七年、『絵本合邦衢』のゆすり場に、こんどはうんざりお松を登場させる。舞台は京の四条河原だが、見すぼらしいかまぼこ小屋に住むうんざりお松は「十四の年に、村の番太と色事で逃げて、それからモウ親には勘当され、あっちこっちの手にわたって、宿場へも出たが切もかせぐ。ことし二十五になるが、これまで亭主も十六人もったね」。

と、これも切見世にいたことがあり、身ひとつで世の中を渡り歩いた女である。

奔放なお松は、底辺の暮らしのなかでも、鏡、紅白粉を大事にする色気がある。立場の太平次という悪に惚れたあげく、あえなく殺されてしまう。

三年後の『お染久松色読販』（『お染七役』）に土手のお六があらわれる。半四郎が早替りで七役をつとめるケレンで大評判をとった芝居だが、お六の登場する一幕は、ケレンではなくゆすりの一幕である。若党の鬼門の喜兵衛という男とかけおちしたお六は、例のとおり引手茶屋、遊廓などを転々として、いまは本所の小梅でしがない煙草屋を開いている。亭主をおまえ呼ばわりし、「よしねえ」「おきねえ」と伝法なことばを使うが、粋な風情をのこしている。

店先で死んだ他人の死体をわが弟に仕立て、亭主と二人で質屋へゆすりに行ったのだが、店で死体が息をふきかえしてしまい、アカの他人だったことがばれ、みごとに失敗する。夫婦ですごすごと空駕籠をかついで帰る〈おかしみ〉がおおいに受けた。このゆすり場がお富与三郎の『切られ与三』につながったともいわれる。

南北好みというか、くりかえし登場させ、役として定着させた「悪婆」はみな半四郎の役である。半四郎という名女形がいなければ、脚光を浴びることはなかっただろう。美貌の女形を尼僧にしたように最下層の女郎にしたのが南北の諧謔で、ふだん姫、傾城といった役で豪華な衣装をまとう女形が、最下層の切見世女郎をやれば、客席をおどろかせ、評判を呼ぶにちがいないと客の心理を先取りした。

こうした「悪婆」が舞台に登場するときの拵えは、荒い格子縞の着付に、馬の尻尾といわれるうしろで束ねただけのヘアスタイルと決まっている。ラフな格好が奔放な女を感じさせる（口絵参照）。

江戸の娘は嫁に行き、商家であれば家事育児のほか、家の商いを支えるはたらき手となり、番頭や手代をつかって店を切りまわすこともある。武家なら跡つぎの男子を産み育てることがまず求められる。

それが大半の女の本来のあり方。女寺子屋では女師匠が子どもたちを教えていたが、その内容は読み書き、裁縫などにくわえ、親に孝行し主人を大事にする『女大学』『女論語』といった封建社会の婦道である。元禄のころから一般に普及した『女大学』は、儒教にもとづき、親に従え、夫に従えと説き、明治になって福沢諭吉が『新女大学』で男女平等を説くまで、ゆるぎない婦道のテキストだった。

自分の仕事を持って、独立している女は多くはない。芝居によく出る芸者をはじめ、寺子屋や遊芸の師匠、女髪結い、茶屋女、行商などだろうか。私娼の湯女や岡場所の女さえ職業のひとつにあげられるほどである。大半の女は家庭のなかで娘、女房、母として日々を送る。

女を枠のなかに押しこめている幕府は、寛政の改革で、風儀を乱すとして女髪結いを禁止し、岡場所を廃止して大勢の私娼を吉原に閉じこめた。このころに「悪婆」の役があらわれたのが興味深い。「善」でも「悪」でもかまわない。なりふりかまわず何でもやってしまう女の役は、当時の女性心理の深層をゆさぶったのではないだろうか。

「悪婆」が一幕程度に出て芝居を彩る役だったのを、全篇をとおしての主役クラスにしたのが文化十二年五月、『杜若艶色紫（かきつばたいろもえどぞめ）』で、南北の二度目の土手のお六である。

お六は両国橋の東のたもとにある見世物小屋の蛇つかい。身体に蛇を巻きつけ、あやつり、ときに局所に入れてみせるような卑猥な女芸人。家の床下にも商売物の蛇を飼っている。

このグロテスクな女が願哲という修行者の悪だくみにひと口のった。お六は亭主の弟・金五郎が遊女をひかせるための三十両の金が要る。弟のためには事の是非などおかまいなしの情がらみである。……吉原の花魁・八つ橋（半四郎二役）が身請けされることになり、三河島の寮（別荘）にいる。身請け人は佐野治郎左衛門（団十郎）という武士だが、佐野はお家の名刀・ぬれ衣紛失の責任で窮地に追いこまれている。

八つ橋に惚れているもうひとりの男がいて、釣がね弥左衛門という金持ちの町人。この弥左衛門のために八つ橋と治郎左衛門との仲を裂き、しこたま儲けようとするのが二人の企みだった。

その仕組みは、いかにも大都市・江戸ならではのもの。

願哲とお六は寮にのりこんだ。

願哲は船橋治郎左衛門という偽名を使い、お六は奥女中に化けて、八つ橋の生き別れになっている姉という触れこみである。身請けの証文にある治郎左衛門とは自分のことだと願哲が主張する。百万都市の江戸で他人の名をかたるのはさほどむずかしくない。

佐野と深くいいかわしている八つ橋は、仮にそうだとしても身請けはいやだと拒むのだが、お六が、佐野こそ亡き父の敵なのだと八つ橋を説きふせてしまう。佐野のためを思う八つ橋は、詮議の名刀を弥左衛門がもっていると知って、不承ながら弥左衛門の世話になる決心をする。名刀を取り戻して佐野に返してやるためだった。

佐野にとっては手のひらを返したような八つ橋の愛想尽かし、おまけに戻った名刀は偽もの。怒り狂った佐野は八つ橋を切り殺してしまう。欲を出した願哲が名刀を偽ものとすりかえ、持ち逃げしてしまったのだ。

ところが……。

殺された八つ橋が肌身はなさずもっていたお守りから、お六と八つ橋は真の姉妹だと知れる。「うそ」が「まこと」になってしまった。しかも六歳のとき八つ橋をかどわかして売ったのは願哲である。

お六は死んだ妹の気持ちを汲み、「せめての事。アノ願哲がすりかへた、正じんのぬれ衣を、もらってやるのが姉のわび」と逃げた願哲を追う。吉原近くの土手で、短刀片手に蛇を投げつける大立ちまわりのすえ、願哲を切って名刀を取りもどし、八つ橋殺しで追われる身となった佐野治郎左衛門に返す。

これが「悪婆」である。

お六の行動は八方破れだが、そのメルクマールは義弟のため、死んだ妹のためにある。お六にとってのヒューマニティであり、行為の善悪は二の次である。公的な規範と私的な行動の乖離は、象と蟻ほど隔たっているが、南北の芝居のセリフ「善悪一如」とは、あるいはその乖離がもたらす善悪の区別不能を指しているのかもしれない。「悪婆」は、与えられた規範などもとからなく、何も失うものがない下層の女だからこそ発現できる自由をもっていた。

お六は南北の想像力が生んだ虚構の女だとして……。

このころ実社会にも、「悪婆」じみた女がいた。

さかのぼること七年、狂歌を放棄して役人に専念した大田南畝は、堤防の状態をしらべる命を受けて多摩川流域へ出張していた。その間、四ヶ月ほどの見聞を記したのが『玉川砂利』。律儀な顔で役人をつとめても、堤防の調査などおもしろくもなかっただろう。俵蔵についての一行は前にふれたが、河口から上流へと移動するあいだに宿所で出た料理などが克明に記されている。歌は一句も詠んでいない。即興の機知を歌に活かしてこその南畝なのだが……。退屈しのぎだったかもしれない記述のなかに、ある事件の顛末が記されている。

旅先でどこからか情報を得たのだろうか、奉行所の原文どおりだという。

品川宿の旅籠（はたご）にお琴という飯盛女がいた。江戸四宿にいる飯盛女は事実上の私娼で、幕府は一軒あたりの人数を制限したりしながらも、存在自体は黙認していた。

お琴は、自身を公卿の名家、日野家の息女だと称していた。周囲ではもっぱら男とかけおちして、ついに女郎にまで落ちたのだろうとうわさした。そのお琴を浅草の源空寺前に住む善兵衛という男が養女にし、若狭といういかにも公卿の娘らしい名にあらためさせ、自分はその家来だと触れこんだ。

男のもくろみはお琴に和歌を詠ませ、正二位などと書きそえた色紙を売ることである。由緒ある名家の娘の歌というので、買いもとめる好き者がけっこういたらしい。

町奉行所は放っておけないと考えた。お琴と善兵衛を呼び出したところ、お琴は髪をながく下げた冠下に、むらさき縮緬の鉢巻、白絹の小袖と、いかにも公卿の娘だというなりであらわれ、私は日野家の娘に相違ない、正二位の内侍の局である、身売りして女郎になったいきさつはいえないと申し述べた。「うそ」か「まこと」か見きわめがつかない奉行所は、ひとまず京都の日野家に問いあわせた。かりにほんとうに日野家の娘であったとすれば、公卿の娘を町奉行所が取り調べるのは越権である。が、日野家からきた返事は「当家にそのような娘はない」というもの。

そこで奉行所はお琴を重追放に、善兵衛を手鎖の刑に処したという。

お琴が根も葉もない「うそ」をいったとは考えにくい。日野家が体面を重んじて、真実を隠した可能性もある。

南北が三日月お仙に「内侍でござる」をくりかえさせて笑いを呼んだのは文化七年だから時期があう。おそらくお琴の評判を知った南北が芝居に使ったのだろう。

このころの江戸市中の様子や事件を書きとめた『藤岡屋日記』もこの事件に言及している。お琴は日野大納言資枝の娘にちがいなく、常代を母にもつ右衛門姫だとさらに具体的である。十七歳のとき歌の修業に出て、九年のあいだ諸国をめぐっているうち女郎にまで落ちたとする。

奉行所に呼び出されたとき、お琴は和歌を五首詠んでみせた。その一首に、

「東路の火宅のうちもいつしかに　やがてぞ咲ぬ花ともろとも」

それには「品川の飯盛女と成し時火宅のおもいをなして」と添え書きがある。

これがすべてフィクションだとはとても思えない。

『日記』はお琴がひそかに京都へもどされたという。とすると追放としたのは体裁上のことだったのか。いったんお琴を入牢させた奉行の石川左近が御留守居役に役替えになったともいう。町奉行の越権とされたのだろう。

お琴は名家の姫であり、下層の女で各所を転々とする「悪婆」ではない。しかしその生き方はいかにも「悪婆」じみて奔放であり、江戸の雀たちの好奇心を満たすに充分だった。高貴な生まれの姫が漂泊の末に女郎に落ちる、そんなことが世の中にあるだろうか。この貴種流転の「はなし」が、「悪婆」に気を入れた南北の諧謔精神を刺激しないわけがなかった。お琴をモデルに風変わりな女を登場させたのが、文化十四年の弥生狂言『桜姫東文章（さくらひめあずまぶんしょう）』である。

序幕は弥生にふさわしく、花が満開の新清水寺。

……吉田家の娘・桜姫は十七歳の若さで仏門に入ろうとしている。そこへ権助という使いの者が文を届けに来る。男の文には目もくれない桜姫だが、その場で権助は「人には思いというものがある」と鎌倉雪ノ下に出るという幽霊の話をする。

このくだり。

半四郎に生き写しの娘に惚れた男が恋わずらいで死に、幽霊になって人を悩ましている。祈禱しても効果がないので、江戸の勇み（任俠）が出ていって、たばこを飲みながら待つと、青い火がぽっとついて真っ青な顔の男が出てきた。とびかかって張りたおし、「ヤイ、間ぬけ幽霊め、うぬは夜こそ出る物だに、なぜ昼中に出やがった」

すると幽霊が「夜出るのはこわい」。

とまるで落語である。

権助の話に熱が入って、腕まくりをしたとたん、鐘に桜の彫りものが露わになり、姫が気づいておどろく。

実は、去る如月の一夜、屋敷へ盗みに入ったどこのだれともわからぬ悪党に、姫は犯され、子を宿してしまった。一生のトラウマとなるような不幸な出来事を、姫はその男にたいする恋に置きかえる。鐘に桜の彫りものがある男が忘れられず、わが腕に男とおなじ彫りものをしてまで一途に想っていた。

いま権助がその男だとわかった。

桜姫　めぐり逢う瀬も、

権助　きょう鎌倉。

桜姫　不思議な縁も、

権助　ある物だナア。

はからずも釣鐘権助とめぐりあい、ふたたび抱かれた姫は俗世に戻り、そればかりかいずれかへ姿をくらました権助を求めて旅に出る。

美しい姫の色香に迷うのが高僧の清玄。破戒僧となって清玄も桜姫を追うのが芝居の縦糸。〈清玄桜姫〉の世界である。この作では、清玄が稚児の白菊丸と心中しそこねた発端があり、桜姫をその生まれ変わりだと信じてあとを追う。

権助を求めて江戸へ出た桜姫は、品川のお琴とおなじように千住の安女郎に落ちる。

そのいきさつは……。

姫は墓掘りをしている権助と清玄の岩淵の庵室で再会した。

姫にとって「氏系図なき者にせよ、わらわがはじめてまみえし殿御」との再会。たがいの縁の深さをたしかめあい、

「コレ、わしゃ変る心は微塵もない。殊に世に落ちこの様に、便りなき身の妾じゃ程に、必ず見捨ててたもるなよ」と一途な姫に、

「モシモシ、お姫さん。必ず案じなさるな。ナニ、お前をわしが見捨てるものか。併し昔からいくらも例しはある。お姫様に想わるる、男は公卿の息子どのか、但しは色の生白い、紫の羽織を着て、一文字の編笠で、大小差した美男でなくちゃア、色男じゃアなかったが、流行すりゃア穴掘りに、色男が出来るとは、世の中も余ッ程ひねって来たわえ」

とかっこうをつけたが、その実、しばらくの間の辛抱だと、姫を下級女郎のつとめに出してしまっ

た。

位を捨ててまで姫の幼子を守ってきた清玄も姫と再会して、「死んでくだされ」と心中をせまるが相手にされない。姫の想いは権助しかない。ついに清玄が姫を殺そうとしたはずみ、出刃がわが身にささり、あえなく命を落とす。

安女郎となった吉田家の姫は、腕の彫りものの小さな鐘が風鈴のように見えるところから風鈴お姫と仇名される。姫ことばを使っては客が戸惑うので遊女のありんすことばを教えられるが、なじんだことばとそれがごっちゃになる。その上、毎夜のように清玄の幽霊が枕元に立ち、稼業のじゃまをする。客がいやがるので店替えさせることになり、迎えにきた権助に、

「何、あの内へ又候戻れといやるのか。エエ置きねへな。いけ無作法な、みづからが手をとって、緩怠至極。エエすかねへ人だ」

南北の諧謔は、姫ことばと女郎ことばを混合する奇妙な人物イメージをつくりあげた。

「姫」でありながら「悪婆」じみた女。役柄でいえば「姫」と「悪婆」は対極にあるが、桜姫は役としての矛盾を、ひとりの役者のなかで統一する。なかんずく両者を具有する存在は、身分という価値を紊乱するものだった。

身分を捨て、子の母であることさえ捨てて惚れた悪党のあとを追う。この能動的な行動のバネはどこからきているのか。

『謎帯一寸徳兵衛』のお梶や『心謎解色糸』の姉妹が犠牲者的側面をもつのとくらべてみると、枠から飛び出し、過去や身分をかえりみず、明日なき未来へ向かう女の姿は、この弥生狂言を見た江戸の女たちに、大きな戸惑いとおどろきを感じさせたはずである。

権助の「世の中も余ッ程ひねって来たわえ」というひと言は、江戸で定まっている従来の秩序では測れない何かを人々に予感させるに充分だった。

十一　三ヶ津の大作者

『桜姫東文章』のヒットは文化の最後の年にあたる。

複数の作者が分担して書く芝居は、どの幕をだれが書いたのか、いまとなっては判然としないことも多いが、たとえば『桜姫東文章』は、発端と序幕を桜田治助（二代目）が書き、二幕目を南北と槌井玄七が共同執筆した。三四五幕、大詰めを南北自身が書いたとされている（『総合日本戯曲辞典』）。

ほとんどの作は作者たちの共同作業ですすめられるから、芝居の全体についてよほどの相互理解がないとちぐはぐなものができあがる。

「作者は二枚目三枚目の人つれて、相談というて、日々に遠足、（中略）出歩行を作者の業の元手とする。このうちに狂言の趣向できて、自分自分の了見を語りおうてこそ相談という」と三升屋二三治の回顧にある。

あるとき、南北は作者たちを連れ、上野の不忍弁財天へ遠足した。相談ごとはむろん仕事の一環だが、よき日和に遠出をして、構想を練るのは作者たちの楽しみでもあっただろう。

南北の一行は境内の静かな料理屋の一室で「相談」をはじめた。盗んだ刀を質に入れるとか、女房を女郎づとめに出して稼がせるとか、殿を毒殺してその罪を家老になすりつけるとか、いささか尋常ではない話を酒を飲みながら話していた。すると腕っ節のつよそうな大男がいきなり部屋に入ってきた。一同を眺めた男は、ふと顔見知りの南北に気づき、「何だ。あなたの仲間か」といって合点した。

男は町方の役人で、上州路から盗賊が入ったというので見廻っていたところ、店から怪しい連中がいるとの通報があった。どうやら話を立ち聞きした仲居が、悪事をたくらむ連中だと思いこんで訴えたらしい。捕り物の用意も万端ととのっていると聞き、作者たちは唖然としたが、役人もびっくりして「狂言作者の南北殿に縄をかけるところだった」とあやまり、その場は一転して酒盛りになったという。

二三治が書き残したエピソードは、例によって南北が諧謔まじりにおもしろおかしく楽屋ばなしにしたのだろうが、鶴屋南北という狂言作者の存在が江戸市中に広く知れわたっていたのがうかがえる。


芝居町では……。

表の通りに色あざやかな幟がはためき、三弦の音がもれ、呼び込みが客を誘う華やかな光景はあい変わらずである。しかし、江戸三座のどの座も内情はきびしいものがあり、文化の終わりごろから、激しい変動にみまわれていた。

文化十二年、森田座は経営難から河原崎座となり、南北と縁の深い市村座は桐座となる。いずれも座が立ち行かなくなったときに交代するのを認められている控櫓である。

市村座が七月に休業したとき、座元の市村羽左衛門とかけあい、桐座として存続させるために私財を投げ出した市川団之助という若い役者がいた。その額は、家作、大道具小道具、役者の給金などあわせて三千両を超える大金だった。だが奮闘むなしく、二年ほどたった十四年十一月、ついに興行をつづけることができない状況に追いこまれ、経済的な痛手に病がかさなった団之助は、痛切な遺書をのこして自殺してしまう。

芝居という装置を動かすには莫大な金がかかり、渡世も外から見るほどきれいごとではない。大芝居の不況は役者の給金の高騰も原因のひとつであるとされる。文化十二年の給金を見ると、幸四郎、三津五郎、半四郎、団十郎が千両役者、田之助、松助が九百両、その下に数百両クラスの役者がずらりと並び、南北の息子、坂東鶴十郎も三百五十両をもらっている。

ただでさえ経営が苦しいうえ、火事や役者の病気などアクシデントがかさなって興行がうまくいかないと、またたくまに借財が増える。米の豊作がつづいて米価が下落、景気がわるくなったことも客の入りに影響したにちがいない。

文化十四年の正月には火事さわぎが起きた。火事とけんかは江戸の名物、三座は幕末までに二十回をこえる火事に見舞われているが、このときは南北の生まれた町、乗物町の風呂屋から出火し、中村座、桐座が焼けた。中村座の金主をしていたのが大久保今助という人物。前年の顔見世が当らず、正月かぎりでやめるつもりでいたが、火事で座元らから懇願されたのだろう、そうはいかなくなり、仕方なく新しい小屋の普請代を出すことにしたという。三座のうち中村座は三津五郎、幸四郎、団十郎、田之助と人気役者をそろえ、それに菊五郎もくわわって、比較的安定していたのだが……。

このとき木挽町にあるため焼けなかった河原崎座で、他の二座を尻目に当りをとっていたのが『桜姫東文章』である。

立ち行かなくなった桐座が休座したとき、やむなくとなりの中村座の金主である今助に相談をかけた。その結果、今助は市村座が再興するまで両座に出資することになり、「今助一手にて捌きたり」というありさまになった。

南北が十四年の顔見世から葺屋町へもどったとき、市村座の控櫓だった桐座はまたも都座に変わっていた。三座変転の渦中にあって、いまやヒットメーカーとなった南北と、経営の才能を活かす風変わりな金主が同座したのはこのときである。

今助は南北より二歳若く、水戸藩亀作村の百姓の子である。若いころ江戸に出て、雑多な仕事を渡りあるき、芝居が好きで楽屋に出入したともいわれる。将軍家斉の信任が厚い水野忠成の用人、土方縫殿助の草履取りになり、芝桜川の川浚いを請け負ったのが財をなすはじめだった。

南北が立作者になったのとあい前後して、文化のはじめごろから好きな芝居の金主をするようになった。作者と金主は立場こそちがえ、芝居を支えるのに欠かせない役割である。

年号が改められ、文政元年を迎えると芝居町の風向きがすこし変ったようである。この年南北は従来にもまして存在感を示した。

やっと春めいてきた二月に『曽我梅菊念力弦（そがきょうだいおもいのはりゆみ）』。団之助の死で正月の芝居ができなかったので、この芝居に「曽我」を入れて初芝居の埋め合わせをするという南北の苦心である。「書き換え」に「綯い交ぜ」の複雑な芝居で、遊女おそのが大工の六三郎となじみを重ねた末に心中する「おその六三」。

親子ほども年のちがう帯屋長右衛門と信濃屋おはんが、京の桂川で情死する「おはん長右衛門」。

この二つの世話の「はなし」と、「曽我」の世界を綯い交ぜにするという離れわざだった。さらに江戸市中の盗賊の「はなし」を重ねる。真刀（新藤）徳次郎という寛政元年に捕らえられた盗賊がモデルである。

まるで重ね餅のような「はなし」は、菊五郎のほかに人気役者がいない「無人」にもかかわらず、大当りとなった。三月四月とつづき、となりの中村座をしのぐ三座一の大当りである。

「昨冬より無人なれども大評判は、作者南北一人との取沙汰。当春狂言も矢張り南北が功なり」（『歌舞伎年表』）とはやされ、道行の所作事に出た清元延寿太夫の高音で語りあげる独特のフシが、江戸の人々を魅了した。

「都座に過ぎたる者が二つある。延寿太夫に鶴屋南北」と町の評判になったのはこのときである。五月の『松竹梅東鑑（しょうちくばいあずまかがみ）』も菊五郎と半四郎の息子、粂三郎で大当り。ヒットメーカー南北の貢献で、都座はもちなおし、座元も金主も満足していた。

しかし、好事魔多し、菊五郎が役に文句をつけたのを、金主の今助が咎めるという事件が起きた。大口論になって、菊五郎がこれをかぎりに退座してしまい、夏には半四郎らと旅に出るという事態になってしまった。

幕内の波風は絶えることがない。

中村座も以前よりもちなおした。いわば芝居町の資本家である今助は、二月にまたも歌右衛門を上方から呼びよせ、『鎌倉三代記』で大当りをとった。すでに江戸で一世一代と銘打つ芝居をすませていた歌右衛門は、またやるのはおかしいと今回は双子の弟が出演するという趣向で、芝翫と名を変えて出た。

この成功で今助のふところには一興行で六百両を超える額が入ったといわれる。

しかし、中村座の幕内でも役者の席次をめぐっていさかいがあり、都座と似たような事態となった。それでも四月は所作事の『其姿花図絵（そのすがたはなのうつしえ）』が、客留めになるほどの大当り。五月の『妹背山婦女庭（いもせやまおんなてい）

訓』も大入りと歌右衛門ブームはとどまるところがない。

上演中のある日、芝居を見た金主の今助は、なるほどよくできているとさかんに感心して、作者の桜田治助（二代目）を呼び、ほうびだといって大枚十両の金をとらせた。治助は「何かおかしいな」とは思ったが、「ありがたく頂戴します」とだまって受けとり、その夜一同を集めて酒を飲み、今助の「トンチキ振舞」をしたという。

今助は『妹背山』が近松半二らの名作だと知らず、治助の作だと思っていたのだ。酒の一座はおおいにその話で賑わったことだろう。金もうけの才覚ある今助だが、芝居に精通しているわけではなかった。

南北は両座の金主、今助のすがたを横目で見ていた。

とやかくいわれながらも、いつも地味ななりをして上草履をはいて楽屋を往来する。金主にはそれが許されていた。一応、金主さまさまである。

余談だが……。

あたたかいご飯の上に蒲焼をのせるうな丼は、今助のアイデアらしい。忙しいさなか舞台裏でさっと食べる工夫だったのが、芝居町にあった大野屋の「元祖うなぎめし」となって流布したという。また別の「はなし」では、川岸の茶屋でウナギを注文した今助が、舟が出るのであわてて飯の上にウナギをのせたともいう。これも口から口へ伝染する江戸の「はなし」であり、どちらが「うそ」でも「まこと」でもいっこうにかまわない。

ついでながら、蒲焼のキャッチフレーズをつくった平賀源内、遊び人の若旦那を描いた山東京伝の草双紙『江戸生浮気蒲焼(えどうまれうわきのかばやき)』など、ウナギは江戸の暮らしと密着した栄養源になっていた。

こればかりではなく、今助にはエピソードが多い。吉原玉屋の白玉という遊女を、二十人もの人を雇ってお歯黒どぶを越えさせ、廓抜けをさせたという。ところが白玉はさっそく間夫と二人でかけおちしてしまい、職業的噺家になった三遊亭可笑が「今助とかけて、飴屋の栄枯と解く、心は下りで儲けて白玉で損をする」と落語のネタにした。「下りで儲けて」とは歌右衛門を上方から招いたこと。このエピソードは遊女屋の主も承知のうえでの遊びだったともいう。

どこかでお目にかかった「はなし」だと思ったら、南北の芝居に累(かさね)の兄の金五郎が、他人が引かせたばかりの遊女小さんとかけおちする「はなし」がある。

また、今助は江戸の町で売られている富くじの値段が安くないのに注目し、影富というもぐりの富くじを売り出してもうけた。悪知恵ともとれる機知と才覚があり、そのおかげで水戸藩の財政を見るまでになったが、他方で宗俊という坊主におどされて、五百両せしめられたこともある。これがのちに黙阿弥の芝居『河内山』になったとも……。

「うそ」とも「まこと」ともつかない「はなし」を地で行く今助と、「はなし」をつくる狂言作者、この二人が同座していた。芝居にかかわる人の風景はさまざまである。

今助とけんかした菊五郎が座を去って人気役者がいなくなると、都座は芝居を出せない状況になり、座元の都伝内はこの辺が引きどきだと感じた。本来の座である市村座の座元羽左衛門が今助に相談すると、玉川彦十郎という人を座元にかついで、新しい座を旗上げしたらどうだという案が出た。

彦十郎は神田明神の境内で打つ宮地芝居の名義をもっているという。櫓をあげた公許の大芝居にはプライドがあり、期間をかぎって興行する宮地芝居との交流はほとんどない。幕府の管轄も大芝居は町奉行であり、宮地は寺社奉行である。前例のないことを幕府が承知するだろうかと危ぶみながら願いを出したところ、それが通った。今助の財力と水戸藩、幕府とのつながりがものをいったのは容易に想像できる。宮地の座元が、由緒ある市村座の控櫓として芝居をやるという。「世の中も余ッ程ひねってきたわえ」である。

玉川座という耳なれない座名がこうして登場した。

この話のもとである今助はむろん玉川座の金主になる。南北も引きつづき、玉川座の立作者である。

いま、新しくできた玉川座が、文政元年の顔見世を迎えようとしている。

役者作者を入れ替え、新しい顔ぶれで一年の興行をはじめる顔見世は芝居の正月であり、「周の春」とも称される。中国では周の時代に正月が二度あったという故事から来ている。

十一月の初日を迎えるまで、決まった行事がいくつもあり、秋風が立つころには準備をはじめなければならない。

九月十二日が〈世界定め〉の日。一切の式次第が決められている格式ある行事で、市村座の〈世界定め〉は当番の芝居茶屋で行なわれることになっており、玉川座もそれにならったと思われる。

この日、江戸の東端・亀戸の自宅まで迎えにきた者にともなわれて、南北は芝居町へ向かった。武家や幕臣の屋敷がならぶ本所を抜け、両国橋を渡って芝居町に入ると、堺町・葺屋町の通りには水が打たれ、木戸や茶屋にかかげられた提灯に灯が入り、まるで祭りの宵宮のような雰囲気をかもしだしている。一座の行事ではあるが芝居町全体のそれなのである。

座敷には、興行権をもつ座元・玉川彦十郎、座頭・松本幸四郎に、立役・市川団十郎、立女形・岩井半四郎らがそろい、そこに立作者の鶴屋南北はむろん、二枚目の瀬川如皐がくわわる。ややはなれた屛風のかげには帳元や頭取らがいる。今助も当然いたのだろうが、表向きの儀式の主役はやはり役者、作者である。

〈世界定め〉でもっとも重要なのは、顔見世を何の〈世界〉でつくるのか、不破名古屋か平清盛か源義経か四天王か、その〈世界〉を立作者が発表することだった。

式亭三馬はこの行事を「甚だ密々なる由」と記している。この日まで一切発表せず、内々にしておくということである。といっても、事前に何の相談ごともないわけではない。新しい年の役者にどんな顔ぶれがそろうかは、三座の思惑がからむ。その可能性を予測してプランを立てねばならないし、座元、金主らの意向もある。南北のように「三ヶ津の大作者」ともなれば、作者の意向が支配的だっただろうが、しかし絶対ではない。決定を宣言する儀式は、水面下での諸人の意向の結果であり、やはり相対的である。この日になって異論が出るようでは困る。

南北が示したこの年の〈世界〉は「四天王物」。なんども手がけてきた〈世界〉を玉川座の初興行に選んだ。

立作者になってまもない文化元年に『四天王楓江戸粧』。前に述べたとおり、芝居は三座一の大当たりだったのだが、実績のない立作者が全篇を仕切れたとはいいがたく、歯がゆい思いが残った。

文化七年には『四天王櫓礎』。半四郎が先代ゆずりの三日月お仙で「内侍でござる」をやった舞台である。

いちばん近いのが文化十年の『戻橋背御摂（もどりばしせなにごひいき）』。上演なかばに小屋が火事に見舞われ休演したが、このときも切見世の場で、三日月お仙の芸を半四郎が息子の粂三郎に教える芸の継承を芝居に組みこんだ。

従来の見せ場に南北流のバリエーションをつける勘どころを、完璧に手中にしていた。

玉川座の作者は十人である。立作者が南北で、二枚目が瀬川如皐、三枚目が松井由輔、それに娘婿の勝兵助（もとの亀山為助）、若手の三升屋二三治らの名が並んでいる。

この日、正式に題材が決まれば、南北の指示で分担を決め、作者たちは台本づくりにとりかかることになる。各幕を担当しない作者（狂言方）も、役者、囃子方、道具方、衣裳方との打ち合わせや連絡に忙しく走りまわる。

つづく行事が十月十七日の〈寄初〉である。

金屏風を背に主だった人々がならび、向こう一年おなじ釜のめしを食う一座がのこらず参集する。したがって、〈世界定め〉からこの日までのあいだに三座の役者の振りわけが終わっていなければならない。立作者はあらためて顔見世の〈筋立て〉〈趣向〉をくわしく伝える。

「四海波静かにて」と囃し方の声が響くなか、裃に威儀をただした南北をはじめ、幸四郎、団十郎、半四郎の三羽ガラスに、ワキにも坂東善次、惣領甚六といったおなじみの面々が居ならび、南北にとって思うままに腕をふるえる環境がととのっていた。はじめて顔見世の作者をしたときとは雲泥の差である。

一同が盃を交し、ついで外題と配役の発表になる。ふたたび盃事をして、そのあと作者から各幕の内容を話す。頭取が巧みに合いの手を入れ「はなし」をもりあげる。とどこおりなく終わると全員の手打ちで締めた。

阿国かぶきから長い月日が経ち、大芝居には伝統的な約束事やしきたりが定着している。顔見世にも、芝居の内容にさまざまの約束事がある。一番目の時代物に初代団十郎がやった『暫』の場をかならず入れ、そのあとに〈だんまり〉をつける。二番目の世話物の切には所作事を出すなどである。約束事を無視することなく、年ごとに新鮮味を出すのが立作者の腕、どんな趣向にするかは南北の胸ひとつだった。

〈寄初〉が終わると、ただちに新しい番付をつくり、茶屋や町の要所にくばり、奉行所にも届ける。玉川座の櫓に通りを行く人の目をうばう華やかな看板があがる。

やがて正本もでき稽古もすみ、準備万端ととのうと、初日の前の夜、役者の家ではあかあかと燭台に灯を入れ、座敷に舞台衣裳をかざり、御神酒をそなえ、新年の元旦とおなじように雑煮で祝う。若衆や弟子の役者たちが祝いに訪れて門口で手を打つ。

立作者の家でも祝い事をした。

顔見世こそ芝居の祝祭なのである。芝居町の茶屋の屋根には造り物の花がかざられ、芝居小屋の前には、若衆がもどってきて木戸前で役者の声色をつかい、配役などを読みあげるのを待つ人だかりができていた。

いちばん鶏が鳴くより前、真夜中の八つには早くも顔見世の一番太鼓が打ち出される。その音は、寝静まっている家々の屋根をこえて、江戸の市中に響いていく。

「顔見世や　一番太鼓　二番鶏」である。

芝居小屋のなかでは、切落しに役者の紋と名を入れた大きな提灯、上手下手の桟敷には丸提灯がずらりとならぶ。お神酒と餅を舞台にそなえて清めのお祓いをし、大柱に翁行燈をかけ、太夫（座元）と若太夫が『式三番』を演じた。〈翁渡し〉の行事である。

夜明けごろには前夜からの客を出して、初日の客を入れ、桟敷は人々のざわめきで満ちる。町内の者や役者の身内がたくさんまじっていて、あちこちで祝いのあいさつが交わされる。幕内では、役者衆から裏方たちに手拭や足袋のご祝儀、座元や帳元もご祝儀を配った。一座のだれもが年に一度のハレの日の昂揚を感じていた。

作の外題は『四天王産湯玉川』。

この外題は二枚目の瀬川如皐が発案したらしい。

それを聞いた大田南畝は、

「狂言もあら玉川の初湯とて　朝からはいる周の代の春」と詠んだ。玉川座の誕生を祝う「玉川の初湯」には、水道で産湯をつかうのが自慢の江戸っ子らしい感覚がこめられている。朝に入る初湯のようにすがすがしく気持ちのいい顔見世になるだろうとの期待である。

柝が乾いた音を立て、場内のざわめきが静まる。

……平将門の反乱は平定され、子の良門も死んだのだが、丹波の千丈ヶ嶽には、残党の伊賀寿太郎が立てこもっている。平正盛とその一党は、死んだ良門をいま一度、蘇生させ、天下をくつがえさんとしている。秘伝の一巻に土蜘の生血をそそぐと、死者の蘇生が可能なのだ。正盛は山中の洞に棲む大蜘蛛を刺し殺し、その生血を手に入れた。

良門が葬られた市原野の地蔵堂。秘伝の一巻をもって逃げた熊手のお爪を、正盛の家来・相馬の六郎公連が切り、蘇生のための二品がそろう。風音、火音のドロドロが鳴る怪しい雰囲気の「だんまり」のなか、団十郎の良門は着衣に火がついたすがたで棺桶から出て蘇生する。

大蜘蛛退治と良門蘇生が見せ場である。

『前太平記』や『平家物語』にある蜘蛛退治は、能の『土蜘』から芝居の「四天王物」になり、やがて明治になって黙阿弥の舞踊劇『土蜘』となる。蜘蛛の精に千筋の糸を投げかける見どころは、そのとき菊五郎（五代目）が能の金剛流に頼んで伝授されたものだという。

死者の蘇生は〈骨寄せ〉のケレンで見せることもある。バラバラの骸骨に糸の仕掛けをし、糸をあやつって骸骨を立ちあがらせる。南北は最初の「四天王」のとき、この〈骨寄せ〉を見せた。

……半四郎の桔梗の前は、紫のやぶれ格子の装束、紅の袴、付太刀、金冠をかむった若衆の拵えであらわれる。反乱者・藤原純友の娘で良門のいいなずけなのだ。わが身が辰の年月日がそろった生まれだと知り、秘伝の一巻により変身の術を得て良門になりかわり、その志を遂げようとする。いいなずけの良門は術によって蘇生したのだが、それを知るよしもない。

反乱者の側のたくらみがすすむ一方、追討の命を受けた四天王の側は、……坂田公時（団十郎二役）と卜部季武（幸四郎）が宿直の夜、碁を打っていると、公時のなじみの傾城、美しい胡蝶（菊之丞）がしのんでくる。その正体は、平正盛に刺された土蜘の女房、葛城山の女郎蜘蛛である。

その妖術で公時が気を失うと、母の山姥（幸四郎二役）の霊があらわれ、頼信によくつかえ立身せよと、わが子をはげます所作事になる。

公時が気がついたとき、おりから宿直の部屋に忍びこんだ平正盛との立ちまわりになり、夫を殺された女郎蜘蛛は公時に味方して、共通の敵である正盛を倒す。

能の『山姥』は、遊女山姥が山中で本物の山姥に出会うというものだが、芝居では坂田公時の母としてあらわれ、いくつもの舞踊が生まれた。

良門に変身した桔梗前は京の一条戻橋で、自身が即位するための奇妙なリハーサルをする。

橋のたもとには居合抜きをみせる商人、雪駄直し、茶屋女たち。「すべて洛陽もどり橋広小路の体」だが、例によってまったく江戸の盛り場風である。

非人小屋からぞろぞろ出てくるのは、雪駄直しの少納言裏付け、橋上のころり寝朝臣霜降、犬喰の左大弁宿なし、はきだめ芥の大輔出がたり……。

といった乞食風公卿たち。

諧謔に満ちた南北流の即位リハーサル。この一風変わった戻橋広小路は、反逆者たちの宴である。渡辺綱が会った美女の正体が鬼で、その片腕を切る戻橋の「はなし」は、能の『羅生門』を連想させ、やがて明治の舞踊劇『戻橋』や『茨木』となる。

大詰にさらに奇抜な南北流の諧謔がある。

……もと酒顚童子が住んでいたという岩屋に、平正盛の家来、幸四郎の鉄門鬼兵衛と名のる男が切見世を開いている。

座頭の哥遊が見せる影絵の八人芸、千代おとらの女相撲、甚九のおどりと、にぎやかな寄席の芸を取りいれ、通り神楽の下座音楽でもりあげる。

岩屋へ四天王のひとり団十郎の渡辺綱が上使としてやってきて、「いぜんは侍でもいまは町人」に化けている鬼兵衛に、まぎれ込んでいるはずの蘇生した良門を差し出せば、悪いようにはしないともちかける。鬼兵衛は自分がじつは平政盛の家来、相馬公連であることを明かし「きょうの上使はいさみはだ、そんなら物事気世話にして、跡で噺はつけやしょう」とまるで江戸の任俠同志のやりとり。

こもだれの安（じつは桔梗の前）やお目見えの女郎・お百ら、大勢が入りみだれてわけがわからない童子長屋。こもだれの安は盲目の座頭をよそおう哥遊こそ良門だと見破った。蘇生したいいなずけと対面する桔梗の前。良門が復活したからは願いは成就したもおなじと自害するが、真意はその首を良門だといつわって四天王側に引きわたし、良門の望みを成就させることにあった。

これが「一番目の芝居」のあらましである。

顔見世には『暫』の一幕がつくはずだがと思う人がいよう。南北はその約束事を、「二番目の芝居」にもってきた。

場所は団十郎の自宅。

団十郎を演じる団十郎が登場するというアイデアである。

顔見世前夜がちょうど白猿（五代目団十郎）の十三回忌とかさなり、人の出入りがはげしい団十郎家。そこへ唐人の女（菊之丞）がやってくる。異国にまで評判が高い日本の役者、団十郎にひと目会いたいと来た。衣裳も隈どりもない素顔の団十郎に会ったものの、錦絵で見た『暫』の団十郎とはまるでちがう、別人にちがいないという。そこで団十郎はニセモノでないことを明かすため、衣裳が手元にあるのをさいわい、芝居茶屋の二階で『暫』の扮装を見せるという趣向である。

どんでん返しがある。その唐人とは、じつは団十郎に惚れている奥女中が化けていた。唐人の女から奥女中に替ってみせる〈おかしみ〉。笑わずにはいられないが、最後にさらにどんでん返し。役者の又治が反乱者の伊賀寿太郎で、唐人女がその娘と、ここでむりを承知で一番目と関係づける。

この「二番目」と似たような「はなし」がある。長崎で塾を開いて名声を博したシーボルトが江戸へ来て、本石町の宿所で団十郎に会ったが、『暫』の錦絵を見て本人ではないというので衣裳、化粧をして納得させよろこばれたという。『洋学年表』や『続々年代記』にあるこの話、シーボルトが日本へ来たのは五年後の文政六年のことで、まあ「うそ」なのだろう。それとも南北が芝居に仕組んだ「うそ」が、「まこと」になってしまったのだろうか。

南北の「四天王物」では、敵方の反乱者たちがおおいに活躍する。

この文政元年に制作の最中だった『江戸名所図絵』をめくると、九月十五日の神田明神祭礼の項に、一風変った行列が描かれている。先頭に「大江山凱陣」の旗を立て、巨大な鬼の頭をのせた山車を氏子が引き、あとに渡辺綱、坂田公時ら四天王の騎馬がつづく。大江山の鬼退治にちなんだものである。神田明神は大国主命とともに、反乱者・平将門を祀る神社である。その神社に反乱を平定する側の四天王の山車が出る。おかしな感じがするが、氏子の人々にとってどちらが敵どちらが味方という感覚はないのだろう。両者をともに祀って賑やかに祝うのが江戸人の感覚である。芝居も、反乱者と追討側はまたの日の再会を約して別れ、どちらが勝つ、負けると決着をつけないことがままある。顔見世もまたそれ自体が祭りにほかならないといえる。

諧謔のかぎりをつくす南北の旺盛なサービス精神は、当時の評判記に「大出来」「よいぞ」「感心致した」などの語句をもたらした。

「いつもながら此如き新手の趣向を出す事、南北の工夫なり」（『歌舞伎年代記続編』）

従来のものを継承しつつも、その破格を見せるのが南北の神髄である。

産湯の玉川座はその後も大入りがつづいたのだが、やがて文政三年頃から、ベテランの三津五郎、幸四郎や、菊五郎、半四郎らが上方へ上った。人気役者が去った江戸は、経営がむずかしくなり、今助が金主を止める一因になる。財力にものを言わせた今助だが、役者の動きを縛るだけの威力はなかったようだ。芝居から手を引いた今助は、水戸藩で出世し、ついには五百石をとるまでになった。しかし最後には水戸藩のお家騒動にからんで、江戸を去り、琵琶湖の治水に手を出したりするが、西国遍歴ののち江戸に戻って亡くなったという。南北のわが道を行くとは対照的に、浮き沈みの激しい、さわがしい人生を送った人である。

一方、江戸の大立者が来演した上方では、文政四年三月に、大坂の角の芝居で『隅田川花御所染』、五月に京都で『貞操花鳥羽恋塚』、六月に『勝相撲浮名花觸』といずれも南北の芝居が立てつづけに上演されて人気を呼び、南北の名は京大坂でも広く知れわたるようになった。

「三ヶ津迄名の聞こえたる作者は一人か二人是を高名という。さこそ有度もの。近来江戸にては南北にとどまる」と、このころ南北の下で作者をつとめるようになった三升屋二三治は回想する……。

十二　和解狂言のヒット

立作者にとって何よりのよろこびは芝居の大入りのほかはない。

初日から客の出足がよければ肩の荷がおりる。そして次作への意欲がわく。だが、すべての芝居が当たるわけではない。客の不入りを座元が心配し、役者が不満をもらし、一座の雰囲気が悪くなることもしばしばである。外の芝居茶屋などからも陰口が聞こえてくる。

立作者は責任を感じ、台本を書きかえたり、別の一幕を挿入したり、時には芝居を丸ごと入れかえたりと、客足を回復するためのあの手この手を考えなければならない。

そういう事態にならないよう事前の宣伝もたいへん重要だった。

作者にとって番付の指図をするのも仕事のうちである。辻番付に芝居の見どころや絵を入れて町の要所に貼りだし、紋番付にはキャスト・スタッフを洩れなく記す。下書きができると、書家や芝居絵を描く鳥居派の絵師に注文を出す。

芝居小屋の櫓にかかげる看板も重要だ。文化十一年の春、市村座の櫓にかかったいわくありげな看板は「八枚張りの凧に清玄が振袖をくわえたる絵」で、人々はそれを見あげただけで南北の怪談にちがいないとうわさした。

町にうわさを流すこともしばしばある。『天竺徳兵衛韓噺』のキリシタンの妖術の類を南北は重宝した。のちの『四谷怪談』でも怪しげなうわさを流した。

大がかりなイベントを仕掛けたことさえある。

夏芝居の怪談『彩入御伽艸』のとき、幕を開ける前、夜遅く本読みをしていたところ、雨戸が一度ならず大きな音を立てた。調べてみたのだが何の音かわからない。小平次役の松助はその翌日から高い熱にうかされたという。小平次は執念深い性格だったから怨霊のしわざにちがいないとして、霊をなぐさめる施餓鬼を行なうことにした。

隅田川のそばの両国・回向院に、一丈五尺という大きな卒塔婆を建て、本堂では松助父子をはじめ、団十郎、団之助、才三郎ら一座の役者がしめやかに焼香した。病に冒されたという松助は、裃すがたで人の肩にすがって出たという。

役者が勢ぞろいするというので、六月二日、回向院の近辺はあふれんばかりの人出になった。前の年に富岡八幡の祭礼の群衆のために永代橋が落ちたことがあり、おなじような災厄が心配されたほどである。

物見高い群集のなかには、大田南畝もいて、

「おす人は　引きも切らずの　鮨なれや　きょうの施餓鬼の　こはだ小平次」と一句ものにした。

江戸前が何よりの大好物だった南畝の洒落である。芝居でも上方の芸が大嫌いで、人気の歌右衛門にも難癖をつけるほどだった。

ひと言つけくわえておくと、イベントの翌日、松助の病はケロリと治っていたそうである。芝居の前評判を立てるために、南北や松助が仕掛けた施餓鬼兼見世物だったのはいうまでもない。アドプランナーの才は、趣向をつくして情報を広める仕掛け人だった戯作者たちにけっして負けていない。

商家のように芝居の引札をつくり、市中で配らせたこともある。文政八年の初芝居『御国入曽我中村（おくにいりそがのなかむら）』のとき、年の暮れの十二月十七日、「鶴屋南北の趣向にて、書付を所々に配る、商人の引札の如く、或は日本橋通り、又は浅草の市にて諸人に与えしとも云う」（『歌舞伎年代記続編』）。

今日でいえばチラシだろうが、芝居の引札というものはおそらくはじめてで、「毎年此の如く、其妙手新手かぞふるに暇あらず」と紹介されている。その文中に、「東海道藤沢の間、四ツ谷村に……」との一語が入っているのは、その年の夏の『四谷怪談』の構想がすでに胸中に芽生えていたのに気づかせられる。

南北は、文政の前半、「和解狂言」と銘打つ芝居をいくつもつくることになるが、それは『助六』

の事件からはじまったことだった。

南北のいる玉川座は、文政二年三月五日に『助六由縁江戸桜』の幕を開けた。いうまでもなく二代目団十郎が初演してから市川家の芸になり、江戸歌舞伎の華ともいわれる『助六』である。当代の若い団十郎（七代目）にとっては二度目の『助六』で、初役のときはちょうど大人気の歌右衛門が中村座に出ていて『助六』は押されぎみだったのだが、ふたたび家の芸を演じるチャンスが訪れた。

ところが名古屋からもどってきた菊五郎も中村座で三日初日の『助六曲輪菊』を出し、二日ちがいで『助六』が鉢合わせした。まったくおなじ内容でなくとも『助六』であることに変わりはない。団十郎家の芸である『助六』を菊五郎がやるなら「ひと言あいさつがあってしかるべき」と団十郎は思ったようだ。菊五郎の方も初代からの「自分の家の助六だから問題ない」としたのだろう。両者の感情のすれちがいがこじれた。

このもめごとには前段がある。

実在した遊女屋、新吉原三浦屋の格子先が舞台である『助六』は、吉原と深いつながりがある。吉原ではこの芝居がかかると、いろいろともてなしをするのが習いになっていた。助六の役者に蛇の目傘や煙管、揚巻をやる女形には長柄の傘や箱提灯を贈り、五代目団十郎のときには、大勢を招いて宴席をもうけたり、遊女たちが五回に分けて芝居の総見をしたりした。

そこで、菊五郎の意を受けた者が吉原に出向き、『助六』を出すのでよろしく願いたいとあいさつをしたところ、「もてなしをするのは市川家の場合のことだ」と断られた。結局、吉原は助六の菊五郎と揚巻の粂三郎に引き幕を贈ったが、その他のもてなしはしなかった（『歌舞伎年表』）。

この一件は周囲を巻きこんで、両者とも引くにひけず、たがいに相手を誹謗するという事態になった。一方、助六競演のうわさは江戸市中に広がり、芝居は連日大入りで、両座の金主をしている大久保今助は大いに潤ったといわれている。宣伝面では多大な効果をもたらしたわけである。

うわさは、腰元ら江戸雀のおしゃべりで大名屋敷の奥深くまで達したようだ。

三月十三日、昼八つ（午後三時）すぎ、駕籠にのった紀州家の姫の一行が、玉川座にやってきた。近習（きんじゅ）から前ぶれがあっただけでいきなりのことである。御三家のひとつ、大大名の姫が芝居見物にやってくるとはだれも予想しない。だが、うわさを聞いた年端のいかない姫が、おもしろそう、ちょっとのぞいて見たいと思うのは道理である。

玉川座の表木戸では、一同が下座して迎え、姫の駕籠を木戸の外にすえて、細めに開けた戸から、ちょうど団十郎の助六が花道で踊るところを見せた……というが、不浄所だとして駕籠を高くかかげたので、声は聞こえるがよく見えなかったともいわれる。そのあと姫の一行は中村座へまわって、こんどは菊五郎の幕開きの口上を見た。

その場は何ごともなく、好奇心をみたした姫は「満足じゃ」と屋敷へもどったのだろうが、うわさはすぐに広がり、町奉行・岩瀬伊豫守から両座へ問合せがあり、事件になってしまった。姫は数日後に国もとへ送り返され、閉じ込められてしまう。あわれなのはお供の筆頭だった増村という侍。芝居見物をしたいという姫をなぜ止めなかったかという咎めで、切腹を命じられて一命を落とした。他の家来たちも押し込めという事態になった。

芝居の側に落度はなく、両座に十両ずつ賜り金があったというのも不思議である。『天竺徳兵衛』のときとおなじく迷惑料なのだろうか。姫に芝居をちょっとのぞかせただけで波紋が起き、命を落とす人間が出る。矛盾をはらむ窮屈な身分社会が、すべてを笑いとばしたくなるようなファルス感覚を育んだのもうなずける。「世の中は地獄の上の花見かな」と一茶が詠んだのはこれと関係はないが、言い得て妙である。一茶が信濃で亡くなったのはこの年だった。

団十郎と菊五郎、時代を担うようになった両者が、不幸なことにこの一件を境に一緒の舞台に立たなくなってしまった。

時の大立者が共演しないのは芝居界の不幸であるとともに、南北の作者活動に影響した。菊五郎とは夏芝居からのつきあいであり、団十郎も一人前になる前から南北の舞台を踏んでいる。

団十郎は二十九歳。

四歳で初舞台を踏み、十歳の若さで団十郎を継ぎ、十六歳のとき祖父の五代目を亡くした。親のいない芝居の世界を独力で生き、二十五歳の若さでいわゆる千両役者になった。小柄だが、張りのある口跡が人気を呼び、立者が上方へ上った時期も江戸の芝居を支えた。

ずっとのちに幕府からぜいたくな暮らしを咎められて、江戸追放となり、許されて江戸にもどるまで、伊勢、大坂、京都などで舞台に立ち、天保三年、八代目に団十郎をゆずり、自身は海老蔵となるめずらしい襲名をおこなった。そのとき市川家の芸を刷りものにして「歌舞伎十八番」としたのはよく知られているが、家の芸をあらためて定めた遠因に『助六』さわぎがあったともいわれる。そのころ、南北はすでに冥途へ旅立っていたが……。

一方、菊五郎は三十六歳。

江戸の建具屋の子として生まれ、尾上松助の養子になり、やがて菊五郎を継いだ。見栄えのする容姿で、リアルな役づくりを納得ゆくまで工夫した。高給にこだわったり、役者同士のいさかいがあったりと波風を立てることもあったが、人と衝突したときは南北があいだに入って治めたと伝えられる。やはりこの時代の屈指の名優である。

役者として人気と実力をかねそなえた両者が意地を張りあったのだから、容易にわだかまりは解けない。いまや大作者の南北にとっても、他人事ではない。

双方にたいし使者が立ち、説得につとめた結果、団十郎のいる玉川座に、菊五郎がスケ（特別出演）としてくわわるところまでこぎつけた。前の年だけ特別に河原崎座の夏芝居をつくった南北への恩義もあったのだろう。

こんどは南北が二人の仲直り芝居をつくる役まわりである。

文政二年の夏七月、和解狂言と銘打った芝居は『蝶鵆山崎踊（ちょうもひよくやまざきおどり）』。

名作の『双蝶々曲輪日記』を書き換えた作で、長吉と長五郎すなわち蝶々が紛失した掛軸をめぐってあらそい、やがては協力して取りもどすことになる。

桜が満開の京の清水。

深編笠の侍が両花道をせりあがる。団十郎の生駒長吉と菊五郎の濡髪長五郎、蝶と蝶のそれぞれが一軸の片割れをもっている。

長吉　そのあらそいは無益のいたり。
長五　互いの武士の、
長吉　意気地と、
長五　意気地。
長吉　刀にかけて、
長五　外に助太刀とてもなく、
長吉　水もまじえぬ清水の、
長五　花のさかりの花々しく、

長吉　ちるか、
長五　ちらぬか、
長吉　たがいの勝負は、
長五　薩陀の功力と、
長吉　天にまかせて、
長五　イザ、
長吉　イザ、
両人　イザイザイザ。
（と、立ちまわりになり）
長五　長吉。
長吉　長五郎。
長五　これで互いの遺恨もなく、
長吉　未来は一ツ、旅の道づれ。
長五　門出に祝ふてうたうまいか。
長吉　いかさま。

と、たがいに認めあう。長吉長五郎の役柄が、現実の団菊のシチュエーションとぴったり重なって、二人の確執をよく知る満座の客は、割れんばかりの拍手とかけ声で応じた。

団菊仲直りをうたう場はまだある。芝居は花屋敷七草の場となるのだが、この花屋敷とは、当時の新梅屋敷（いまの向島百花園）で、この文政のころ、文人墨客が訪れて、四季の風情を味わう粋な場所になっていた。

話はそれるが、新梅屋敷をつくった佐原菊塢（さはらきくう）は伊達藩の百姓平八で、江戸に出て、堺町の芝居茶屋、和泉屋勘十郎方で十年ほどはたらき、金を貯め道具屋を開いた。大田南畝ら文人とのつきあいもあった菊塢は、文化のはじめ、向島の寺島村に三千坪の土地を買い、亀戸の梅屋敷にならぶ梅園をつくろうとした。

当時、向島の別荘に隠居していた団十郎（五代目）が、「山師来て　何やら栽えし　隅田川」の一句を残している。山師にされてしまった菊塢は坊主頭で、鞠菩薩などと称し、いかにも奇人の風体だったという。梅園をつくろうとしたのは、桜は散ってしまえばそれまで。梅なら実を結ぶので、三百六十本植えて一本を一日分の糧にしようとした。そのやり方もユニークで、知り合いに梅の苗木を提供してくれるよう呼びかけたところ、これが大成功。洒落や趣向を好む文人墨客、絵師らがわれもわれもと話にのった。狂歌の連中も、南畝をはじめ、鹿津部真顔、宿屋飯盛、手柄岡持、唐衣橘州らがそろって梅を提供したという。かつて道具市を開いたことで幕府の咎めを受けたとき、菊塢がひとりで責めを負ったので、恩返しの意味があったとも。

で、南北はこの花屋敷に、団菊をはじめ、幸四郎、半四郎らが、粋と風流を楽しむためにそろってやってきたという見せ場をつくった。芝居がはじまる前の一刻、生身の役者が勢ぞろいしたとの趣向である。

錦升（幸四郎）　イヤ、又一年一座せぬと、素人方の方で、いい加減に名をつけて、様々な評をするものよ。

三升（団十郎）　なに、人の噂も七十五日というが、これから七十五年もこの顔で芝居をしやす。

梅幸（菊五郎）　性はおいらもその積りよ。

と団菊がおなじ気持でいることを強調してみせる。このあと、さあこれから芝居だと一行が去って、本筋がはじまるという寸法。

さらにこの興行のなかばから、大切の所作事で、団菊を駕籠かきにして前と後ろをかつがせるというサービスをつけた。和解の場面が大好評だったので追加したものである。

団菊の競演を芝居に取りいれて見せる諧謔は、両者の心の傷を見事に縫い合わせたと思われたが、しかし、南北の精一杯の趣向も空しく、ある日、舞台の菊五郎が見物客のひとりとけんかし、それがきっかけで客が入らなくなった。困惑した座は、書き換えではないもとの『双蝶々曲輪日記』を出してなんとかつくろった。

この舞台が終わると、南北の苦労にもかかわらず、団菊はそれから三年余りも、おなじ舞台を踏むことがなかった。

十七万両という莫大な借金をかかえ、やむなく玉川座に興行をまかせた市村座は、複雑な返済の方法で債権者の承諾をとりつけ、文政四年十月に再興された。いったん河原崎座へ移った南北は、文政五年の顔見世からまた市村座に戻る。時をおなじくして、上方へ上っていた半四郎が江戸に帰ってきた。

この一座にやっと、菊五郎、団十郎の二人がそろう。不和を惜しんで二人の和解に尽力したのは半四郎だったという。口上を述べるとき「いずれ兄とも弟とも」と二人を兄弟に仕立てた。客席が大いに沸いたのは半四郎の意を知ってのことである。芝居界の損失のみならず、半四郎自身にとってもいい立役がいなければ女形は引き立たない。立役あっての名女形である。

その『御贔屓竹馬友達』、外題からも団菊の和解をほのめかしているのが受けとれる。

南北が二人の和解をセールスポイントにした芝居を立てつづけにつくるのはこの顔見世からである。むろん、『助六』さわぎから何年も経って、団菊の不和は事実上、解消していただろう。二人の和解をうたいつづけることが、見物をよろこばせるとわかった。そこで編みだしたタクティクスである。南北は「芝居の風儀、狂言の当世」をつねに考えた人だったと、二三治は指摘する。「狂言の当世」、それは芝居の内容ばかりでない、どういう方法で客を呼びよせ、また楽しませるかをつねに胸中に置いていたことである。前評判を呼び、さらに内容で客を感動させる。これらを一体化させる巧みな才覚がヒット作を生み、それがまた団菊の名を江戸の町に響かせることにつながった。

明けて文政六年の顔見世までに、南北は五本の和解狂言を出す。

市村座の初芝居『八重霞曽我組絲（やえがすみそがのくみいと）』では、団十郎が糸屋の婿に入った綱五郎、菊五郎が大工の六三であり、また曽我の五郎・十郎になってそれぞれの早替りを競う。

三月の『浮世束比翼稲妻（うきよづかひよくのいなずま）』では、両花道から出る菊五郎の名古屋山三と団十郎の不破伴左衛門の両雄が、吉原仲之町で出会い争わんとするとき、半四郎のおちかが仲裁にはいる。これは『鞘当』として今日まで上演される一幕で、また団十郎の幡随長兵衛と半四郎の白井権八が出会う一幕『鈴ヶ森』もこの作にある。

四月三日のこと、上演中の市村座に、七十五歳になる大田南畝があらわれた。あいさつに客席へ出向いた菊五郎に、南畝はその場で一句詠んで贈ったという。手品師のように即興の歌を詠んで見せる南畝は、その三日後に来世へ赴く。

夏芝居は団菊が森田座でやることになり、狂言作者たちを引き連れてくわわった南北は

『法懸松成田利剣』をつくった。菊五郎に奥女中・累や日蓮上人、団十郎に与右衛門や祐念上人などめまぐるしく変わる役を当て、とくに団十郎はこの芝居で名をあげたという評判だった。

七月には、市村座に戻り『𢅻雑石尊贐』。伊賀越の仇討ちである。

九月『御ぞんじ松竹梅』は、七月の「二番目」に出したもので半四郎のお七が柱である。

と、六十九歳になる大作者は息つく暇もない。大変な過密スケジュールで和解狂言に取りくんだ。

この流れは、菊五郎が中村座へ移った期間をのぞいて、文政八年の『東海道四谷怪談』までつづく。

戯作者としても、文政五年に『昔模様戯場雛形』、六年に『当世染戯場雛形』、七年に『金比羅霊験吉事正夢』、同年『曽我祭東鑑』と年ごとに草双子を出している。いったいこの老年パワーはどこから湧きだすのだろう。

十三　色悪

……思いをも、心も人に染ばこそ、恋と夕顔夏草の、消える間近き末の露、元のしづくや世の中の、おくれ先立つ二タ道を……。

にわか雨のあがった木下川堤で、美しい腰元の累(かさね)が与右衛門に追いつく。

子を宿している累は、死出の書置きを残して去った男を追ってここまできた。心中するはずが自分を残してひとりで去ったことへの恨みを述べ、一緒に死なせてほしいと願う。

与右衛門は「このまま殺すも世の成行」かとひそかに殺意を抱く。

和解狂言『法懸松成田利剣(けさかけまつなりたのりけん)』の所作事には、『色模様間刈豆(いろもようちょっとかりまめ)』という小タイトルがつけられている。通称は『かさね』、独立した一幕としてたびたび上演されるが、今日では予備知識なしに『かさね』は理解しにくい。タイトルからして、エロティシズムを感じさせる色模様と刈豆がまたどうして結びつくのか。もとの伝説で累という女が畑で刈った豆を背負って帰る途中、川に突き落とされて死ぬからなのだが、しかしそれを知る人は少ないだろう。筆者もはじめは疑問に思った。

……累が与右衛門と会ったところへ、髑髏と卒塔婆が川面を流れてくる。髑髏の眼には鎌がささっている。与右衛門がそれを抜いたとたん、累の顔はみるみる醜くなり、卒塔婆を折ると足が跛行(はこう)してしまう。累にはこの突然の災厄がなぜ起きたのかわからない。

このシュールな発想ももとの伝説なしには、理解不能である。

流れてきた髑髏は累の父・助のもので、与右衛門は助を殺し、さらに母の菊と密通したという男だった。父を殺し母と不義をした殺人犯に累は恋をし、その子まで宿している。父の助の怨霊が累にとりついたのだった。

髑髏が助のものだと気づいた与右衛門は、国もとへ連れて行こうと累を油断させておいて、背後から切りかかる。

……いそいそさきへたちまちに、じゃけんの刃、血潮のもみじ、龍田の川の瀬とかわる……。

清元の流麗な曲が悲劇を語りあげる。

けだるいような夏の夕暮れに起きる怪奇と惨劇である。

たたりという非合理がなぜ起きるのか。累と与右衛門の出会いの背後に恐ろしい因果が隠れていて、そのために累はたたりを受けるのだが、それも「一番目の芝居」の伏線があってはじめてわかる。

累の母・菊と密通した与右衛門は、夫の助に現場を見つけられ、菊が夫の眼を火箸で刺し、与右衛門が包丁で足を傷つけるという惨劇になる。片方の目を失い、跛行した助は、まだ二歳の乳飲み子の累を抱いて乞食をしながら、与右衛門と菊の行方を追う旅に出る。

金五郎と名を変えた与右衛門と菊が、甲州・石和まで逃げてきたとき、菊が病にかかり命を落とした。菊を葬り川辺で野宿しようとたき火をしているところへ、来あわせた助は敵とは知らずわが身の上を語り、羽生村の出であると明かしてしまう。

龍田の川の紅葉の柄が入った見覚えのある風呂敷から、敵ではないかと気づかれた与右衛門は、助を鎌で切り殺し川へ落とした。

それから十数年が経ち、幼子だった累は美しい娘に育ち、与右衛門と恋をし、知らぬことながら母と密通し父を殺した犯人と結ばれてしまった。木下川を流れてくるのはその助の髑髏と鎌である。

与右衛門は百姓になりすましているが、じつは久保田金五郎という侍であることに留意しなければならない。『謎帯一寸徳兵衛』の大島団七とおなじく浪人で、一見して悪者には見えない。二枚目風で女に惚れられる性的魅力もそなえている。拵えも「赤面」のように見てすぐ悪者とわかるそれではない、こうした役柄が「色悪（いろあく）」と呼ばれる。

「表面はやさしく、善人と見えて、あるいは少なくとも極悪人とはみえない風姿でいて、いざとなると実悪の本性をあらわす」(『色悪考』)のである。

享保六年正月の曽我物で、山中竹十郎が演じた工藤祐経の役が、「色悪」のはじめだといわれる。そのときは五郎十郎の兄弟に敵とねらわれる工藤祐経が、いずれ討たれてやるのを覚悟をした立派な武士として描かれたからである。

いまでは「色悪」といえば、だれしも南北の作を思い浮かべる。「悪婆(あくば)」もそうだが、南北によって輪郭がはっきりした役柄である。『忠臣蔵』の定九郎は風情のある拵えになってからもほんのちょっとした敵役で、女との関係も描かれなかったが、南北はその定九郎をいかにも「色悪」らしい役に仕立てた。

「色悪」は世間で表向き普通の人のように暮らす。近所に住み傘張りなどに明け暮れる容姿のいい浪人者をだれも悪人だとは思わない。それだけに正体が露見すると人の世の恐ろしさをあらためて感じさせる。

南北の描いた典型的な「色悪」はいずれも浪人者であるのが興味深い。太平の世になってまもなく数多の浪人が生まれ、町なかで暮らすようになった。人の鑑であるべき武士が、藩とのつながりを絶たれるとただの人になってしまい、食うに困って奈落へ追いつめられる者も出る。村と縁が切れた寄る辺のない無宿人が悪に染まるのと同様である。

南北が浪人に見ていたものは、武家社会の梯子をはずされた存在の危機だろう。彼らが悪いのか、身分社会がそうさせたのかと問いかけてくるようにさえ見える。そのことは浪人者へのシンパシーではないのはむろん、浪人者はすべて悪いという憎悪でもない。巧まずして社会の矛盾を背負った存在を描く、冷徹な観察力からうまれた諧謔である。

「色悪」の所業はかならず犠牲者を伴う。

この作の与右衛門の場合は、累という女とその父母である。悲惨な目にあう宿命をもって生まれてきたような累はどんな出生なのか。

……もとの伝説では、下総の百姓・与右衛門がおすぎを後妻に迎えたが、連れ子の助がたいへん醜く、足が不自由だった。与右衛門は助を忌み嫌い、それを苦にしたおすぎがわが子を川につき落として殺した。江戸の初期、慶長十七年のことだという。やがて夫婦に子が生まれ、累と名づけられたが、累も助とまったく似ていた。

両親の没後、累は谷五郎（二代目与右衛門）という男を婿にし、当座はよかったが、しだいに夫が醜い累につらくあたるようになり、刈豆を背負って畑から帰る途中の累を鬼怒川につき落として殺し、田畑を自分のものにしてしまった。これが正保四年、夏の夕暮れどきのことだという。

助も累もともに非業な死に方をした。

二代目与右衛門はその後六人の妻をむかえるが、累の怨霊がとりつきつぎと死んでしまう。ようやく生まれた菊という子が十四歳になったある日、またも累の怨霊がとりつき、与右衛門を殺そうとする。

という「はなし」である。

結末は村人の知らせで、下総・飯沼の弘経寺にいた祐天上人がかけつけ、狂乱の菊が口ばしる言葉から、助、累が殺されたいきさつがあきらかになる。上人は両人の霊をなぐさめ、法力で解脱させる。時は寛文十二年、助が死んでから六十年、累が死んでから二十五年も経っていた。

この悲惨な「はなし」は、祐天上人が累の怨霊を追い払い解脱させた、その法力をたたえ、因果応報の恐ろしさを知らしめるために、仏教の説話として語りつがれた。いわば祐天上人の手柄ばなしから江戸のポピュラーな「はなし」になっていった。これが累伝説と呼ばれ、人形浄瑠璃になり芝居になり戯作になる。

主な狂言作者でこの伝説を舞台化しなかった人はいないといっても過言ではない。南北以前に、江戸上方あわせて二十九作の「累物(かさねもの)」が書かれたほどである(『累狂言上演記録』)。狂言作者だけではなく、戯作者もこぞって累の「はなし」を書いた。もとの「はなし」をおおむねなぞったものもあれば、そうでないものもある。

山東京伝は、南北が湯上りの累を書いたのとおなじ年に『累井筒紅葉打舗(かさねいづつもみじのうちしき)』、その後の『婚礼累箪笥(こんれいかさねだんす)』もそうで、『会談三組盃(かいだんみつぐみさかずき)』では、ろくろ娘、皿屋敷の怪談、累伝説を「はなし」に組みこんだ。これは南北の芝居『尾上松緑洗濯談(おのえしょうろくせんたくばなし)』でろくろ首が大ヒットしたのにヒントを得たもの。

曲亭馬琴が文化四年に『新累解脱物語(しんかさねげだつものがたり)』、式亭三馬が文化十年に『累模様楓襠(かさねもようもみじのうちかけ)』を出すといった風で、本来の宗教的な色合いよりも「はなし」の趣向になっているのが感じとれる。

南北が累を登場させたはじめは、例の夏芝居の芸者「湯上りの累」である。湯上がりの美しい顔を鏡に映して髪を梳いていると、霊がとりつき、髪が抜け落ち、血が滴る。しゃれこうべを当てるとそれが顔のあざになって残る。

文化九年には『解脱衣楓累(げだつのきぬもみじがさね)』を書いたが、どういうわけか上演されず、近年になって前進座が復活した。この累は美しい女房である。

……累にはお吉という妹がいた。僧・空月と心中するはずが、お吉だけが死に、生き残った空月はお吉の生首を抱いて羽生村近くの飯沼へと旅をする。累はあわれな妹の生首に対面した。ところが空月はお吉と瓜二つで美しい累に会って魅せられる。その瞬間、姉に気を移した空月への嫉妬でお吉の怨霊が累にとりつき、惨劇が起きる。

伝説とは異なり、これらの累はたたりを受ける女で、栄三郎や路考といった美しい女形が演じるための役である。累の相貌が醜く変る、いわば美しい女の負の美を〈髪梳き〉の芸で見せる。元禄のころから女が嫉妬心にかられる表現でよく使われていた〈髪梳き〉は、女が化粧する空間で、たたりという目に見えない不思議な現象を視覚化する芸となった。

鏡にむかう化粧というごく日常的な行為のなかで、静かな三味の音が女の内面をのぞかせ、突如、髪が抜け血が流れ、見物を戦慄させる。

その後も、南北は文化十年に『累渕扨其後』、文化十二年に『慙紅葉汗顔見勢』と、累を書いた。文政六年の『法懸松成田利剣』は南北の五度目の累ということになる。

たたりという怪奇な現象は、いつの世も人々の関心事である。

平安時代、地震、洪水などの異変や公卿の死が、菅原道真のたたりとして恐れられ、天神として祀られたのはよく知られている。

たたりとともに幽霊や化物が引き起こす怪奇現象も関心の的になる。江戸の町では大田南畝、山東京伝、宿屋飯盛、大家裏住らが集まって怪談噺をする「百鬼夜行の会」が生まれた。『法懸松成田利剣』の三年前、文政三年のことである。

南北がたたりや幽霊をしばしば描くのは、人の心を波立て、反応させる効果をもっているからだろう。これもまた芝居小屋を生きた空間にするための諧謔である。

この作の与右衛門はじつは主家の茶入れを紛失して浪人となった身の上。累を殺す『色模様間刈豆』の場のあと、茶入れを詮議する場で、ある夫婦から累の敵だとねらわれ、川端へおびきだしまたも殺してしまう。

……累を殺し夫婦を殺した「色悪」の与右衛門は、実家へ戻り、素知らぬ顔で別の女と祝言をあげようとする。婚礼の日、駕籠から降りる花嫁・おりえの手を取ると、その一瞬おりえが「おどろなる髪」の累に変わる。驚いた与右衛門が振り払おうとすると、握りしめた手を離さない。与右衛門だけに花嫁にとりついた累が見えている。

おりえを座敷へあげて、固めの盃を交わそうとすると酒が不審な「心火となって」立ちのぼる。新床へ入ったおりえの手が、屏風の内から与右衛門を誘うが、のぞいた顔を見るとおりえではなく累。

下座音楽のどろどろが響くなか、「邪見の刃に木下川の満ち来る汐のうらみのほむら」と殺された累の怨霊が与右衛門を恨む。

このくだりを『四谷怪談』と重ねあわせるのは容易である。やはり浪人の身である民谷伊右衛門が、お岩という妻がありながら家老の孫娘との縁談を受けいれる。その祝言の新床で、お岩の怨霊が突如花嫁につく……。

累は子を宿しており、お岩は出産したばかりの女である。男との日々の営みを想像させる状況のなかで、女の恨みが世話な日常を異常な空間に変える。

南北の「生世話」とは、たんに暮らしをリアルに写生することばかりでなく、逆説的にいえば、朝晩の何でもない生活空間に突如あらわれる殺しやたたりの非日常性を指しているのだろう。平穏な日常が仮のすがたで、その向こうには驚くべき非日常が隠れているのを目の当たりにするとき、人々は戦慄する。

しかし、怖ろしい空間にもナンセンスな滑稽を持ち込むのが南北流である。

与右衛門が戻った実家で、婚礼と葬儀が同時に起きるのがそれ。命の誕生と喪失が、隣りあわせになっている。

……与右衛門に嫁入りするおりえがまもなく到着する手はずだが、そのとき奥の部屋では母のおかやが病で死にかけている。まわりの者が、婚礼と葬儀がいっしょになったらどうしようと気をもみ、入用の物を、婚礼帳と葬儀帳にメモにしておくことにした。

が、それぞれの帳面に逆の物を記入してしまい、とりちがえの〈おかしみ〉が起きる。

花嫁のおりえがやってきた。記帳のとおりに拵えた花嫁すがたは、山水なる駕籠に乗り、白無垢の振袖で、供の者が持っているのは戒名と位牌という事態である。おりえを座敷へ上げた花嫁の父が「こりゃあどうだ、婚礼だ婚礼だというに、おまえ方はとむらいの様子だの」

と仰天する。

与右衛門の母が亡くなった。すると帳面に書かれた用意の品は、するめに長のし、綿帽子、蛤の吸い物……といった祝いもの。

ナンセンスが硬直した心を弛緩させ、笑いを呼ぶ。

このあと祐念上人が祈りをあげ累を解脱させる伝説に沿った展開となるが、その最中になんと経かたびらの亡者どもがあらわれ、盆踊りをする趣向。
人間の生と死、たたりはそれ自体、笑いを呼ぶものではない。しかし、あるメカニズムが入ると〈おかしみ〉が生じる。この場合はまちがいが書かれた帳面がそれである。厳粛なものが日常のドタバタのなかに落としこまれる。人々が怖れた伝説は南北の手で、本来のすがたではない遊戯性を帯びる。恐るべきは南北の諧謔精神である。

〈国崩し〉の反逆者、謀反の奴、大盗賊と、南北はじつに多彩な「悪」を描いてきた。役柄として「悪」と「美」が結合したものもすくなくない。端麗な立役が演じる「色悪」はその典型で、「悪」の別世界に生きるどうしようもない輩と異なる。ふつうの人々の日常に出現する悪者のすがたは、憎々しくもなく、むしろ一種の弱ささえ感じられる。与右衛門は、最後まで累の怨霊に苦しめられ、逃れることができない。「色悪」には、罪は命で払えばすむわとする盗賊のような覚悟は不可能である。怨霊に罪の意識を背負わされて生きつづける。南北が大島団七や、木下川与右衛門に描いた「色悪」の典型は、二年後の『四谷怪談』で民谷伊右衛門に受け継がれることになる。

十四　『忠臣蔵』への挑戦

南北が狂言作者として歩みはじめたころ、『仮名手本忠臣蔵』はすでに不朽の名作であり、師の治助はすべて暗記していなくてはならないとしていた。南北も読本に、「出雲の名作感ずるに余れり」と記し、後日談を書くことさえ「及ばずながらあつかましくも」と断わるほどに、歴史上、最大のヒット作であることを認めている。「書き替え」や「綯い交ぜ」を大胆にやってのける南北にとっても、おいそれと手を出せなかった雰囲気が伝わる。

まだ修行中の若手で、『鯨のだんまり』や『寿大社』の〈おかしみ〉を書いていたころ、『仮名手本忠臣蔵』十一段すべてを、短い小幕のなかに入れて見せたというエピソードがある。どんなものか具体的に知るよしもないが、さぞ機知にあふれた趣向だったのだろう。

実説の忠臣蔵は江戸の最大の事件である。

元禄十四年の松の廊下の刃傷から一年九ヶ月後の吉良邸討入りまで、赤穂浪士たちの行動は、天下泰平の江戸をゆるがせた。人々の魂をゆさぶり、衝撃と興奮を抱かせた事件はすでに百年余も前のことになる。

町ではあらゆるエンタテインメント、カルチャーがこの事件をとりあげた。浮世絵、講談、落語、草双紙、川柳など忠臣蔵とかかわりを持たないジャンルはない。題材の中心は四十七士だが、何しろ赤穂の藩士だけでも三百人以上いた。その家族、縁者、吉良方の人間まで含めると大変な人数で、大名武士はむろん町人も関係している。事件についてまわる話題はかぎりなくあった。

芝居も発生後すぐに事件を取りこんだ。〈曽我物〉のなかに事件を想像させる敵討ちを挿入したのだが、幕府の命によってたった三日間で取りやめになったという。五万石の大名と高家筆頭が城中でけんかし、大名は切腹、藩士がリベンジするという類例のない事件だけに、幕府は神経をとがらせていた。

つねに相対的な知恵をしぼって舞台化を試みる狂言作者でも、細心の用心をしなければならない。やや緊張が解けた五年後に、近松門左衛門は『兼好法師物見車（けんこうほうしものみぐるま）』という人形浄瑠璃をつくった。判官切腹のあと、その妻と家来・八幡六郎が徒然草で有名な兼好法師のもとに身を寄せるという風変りなストーリーである。一見、事件とかかわりがないようだが、物見とは幕府がどう出るかの物見でもある。何の反応もなくどうやら大丈夫と見きわめた翌月、『碁盤太平記（ごばんたいへいき）』を続編として出した。八幡六郎は大星由良之助（大石内蔵助）と名を変え、塩冶判官（浅野内匠頭）の家来たちと高師直（吉良上野介）邸へ討入る。これはストーリーも『太平記』から借りた人物も、碁盤をつかって師直邸の間取りを教えるプロットなども、明確に事件をイメージさせるようになっていた。

もともとその予定だったのだろう。こうした手の込んだタクティクスを用いなければならないほど作者は用心した。

近松がはじめた『太平記』を下敷きに忠臣蔵を描く数多の人形浄瑠璃、芝居がつくられ、さらに時が経つにつれ、しだいにかたちがととのっていく。そしてついに近松の弟子たちである竹田出雲、並木千柳、三好松洛の作者グループが決定版となる『仮名手本忠臣蔵（かなでほんちゅうしんぐら）』を完成した。事件から四十七年後のことである。南北が「出雲の名作」としたのは、この竹田出雲のことである。

寛延二年（一七四九）の江戸で、人形浄瑠璃を芝居に移した『仮名手本忠臣蔵』が、二月に森田座、五月に市村座、六月に中村座と三座たてつづけに上演され、いずれも大入り。その後もやるたびに当る。出し物に困れば『忠臣蔵』をやればいいと、万能薬の「独尽湯」の名をかぶせられ、ついに芝居の外題がもとの赤穂事件を指すようになった。芝居も事件に劣らずセンセーショナルだった。

南北が生まれる前のことである。

『忠臣蔵』の上演に何度もかかわり、いつも心に留めてきた南北にとって、文化十二年の後日談は満を持しての挑戦だったはずである。それが未上演になって以来、機会は訪れなかった。与えられた条件と相対して仕事をする狂言作者は、大作者であっても時を待つほかない。
それが文政四年に訪れる。前年の顔見世から河原崎座へ移った南北は、人気役者が菊五郎ひとりという状態で、「無人」の座を支えるには菊五郎を存分に活躍させるしか方法がない。この年の五月には中村座で団十郎（勘平役）らが『仮名手本忠臣蔵』を出したこともあり、名作の人気が衰えていないと見た南北は、『忠臣蔵』を題材にした芝居を考えた。もとよりそのままではない南北流の新作である。

時の経過とともに、『忠臣蔵』の受けとめ方には変化の兆しがある。
わが身はむろん、妻子一族を捨てて藩主の敵討ちをめざす四十七士の辛苦が感動を呼んだのが『忠臣蔵』大ヒットの要因であるのはいうまでもない。「はなし」の核になっているのは、いじめに遭い切腹を命じられた亡き殿への忠義である。忠義なくては人にあらずという大義が、武士のみならず人々の心に生きていた。しかし、『忠臣蔵』の大ヒットが、四十七士以外の討入りにくわわらない藩士すべてを不忠の徒とみなしたのも事実である。三百人の藩士は忠義と不忠という白と黒に色分けられてしまう。

こうした忠義至上の色分けに天明の田沼政治や寛政の改革さわぎを経て、冷めた視線が注がれるようになった。川柳は「女房を売るも忠義の六段目」と詠んだ。『忠臣蔵』六段目の勘平は仇討ちの一党にくわわるための金が要る。そこで女房おかるを祇園へ売った百両で討入りの一党に入り、忠義を示そうとする。この句は、忠義ほど大事なものはないとも読めるが、川柳の性格からいって、女房を売ってまでする忠義とは何だと冷やかに見ていると読むのが当を得ているだろう。

忠義至上主義に庶民が違和感を持ち、いたずらに感情移入するのではなく、距離をおいて見る視線が感じられる。

戯作にもおなじような傾向が見られる。

式亭三馬は文化九年に『忠臣蔵偏痴気論（ちゅうしんぐらへんちきろん）』という本で、『忠臣蔵』の三十四人の人物たちを何だか変だぞと風刺した。たとえば勘平の恋人・おかるは、おちゃっぴいなおてんば娘ではないか。朝廷の使者を迎える大事な日に、勘平に会いたさから、師直の懸想を断わる顔世御前の返歌を届けて師直が腹を立て、それが一因となって刃傷が起きてしまう。

色白のにやけ男、勘平と山崎の実家へ逃げ、勘平の男を立てるため祇園へ身を売ったのは上出来だとしても、父と勘平の死を知らされて、父の非業の死はお年だからとあきらめながら、勘平のことは「三十になるやならずで死ぬるのは、さぞ悲しかろ口惜しかろ」とは、親子の情が薄すぎる。はたしておかるを貞女といえるのか。由良之助が三日も居つづけした一力茶屋で、床なしだったとは思えない。

おかるばかりではない。由良之助も家老なのだから、殿の苦境を前もって察し、事件を未然にふせぐべきだった。

という風である。

三馬は『浮世風呂』でも、女風呂のやりとりで……。

「あのまァ勘平を御覧。旦那のお供に来ながら腰元のおかると色事をしたばっかりで、あの大騒動にも間に合わず。これも色事の所為だ。伴内もおかるに惚れるが、何でも角でも原(もと)のおこりは女からさ。今は役者贔屓もひねって、ぬれ事師よりは敵役や半道をひく世の中。女郎も好男を廃て、醜夫を見えにするそうだから、人も段々えぐりとやらになったのさ。夫だがあの、勘平は役にたたねえ男だよ。わたしがおかるならば伴内のほうにするわ」

と手きびしい。

忠義の勘平がさんざんにこきおろされ、敵方の半道化・伴内が男をあげる。そのおしゃべりを受けて「さようさネ。あなたも能く、お覚なすってお出遊ばすネ」と聞き手の女房が皮肉るのが笑わせる。本気で『忠臣蔵』批判をぶちあげているのではない。神話になってしまった『忠臣蔵』の人物たちを斜めに見てからかっているのだが、白と黒に分けられた『忠臣蔵』の人物たちにすきま風が吹きはじめた。

山東京伝が文化七年に出した『座敷芸忠臣蔵』という滑稽本は、さらに破天荒である。京伝自身が述べているようにナンセンスなお遊びだが、そこに意図するしないは別として感覚的クリティックが含まれている。

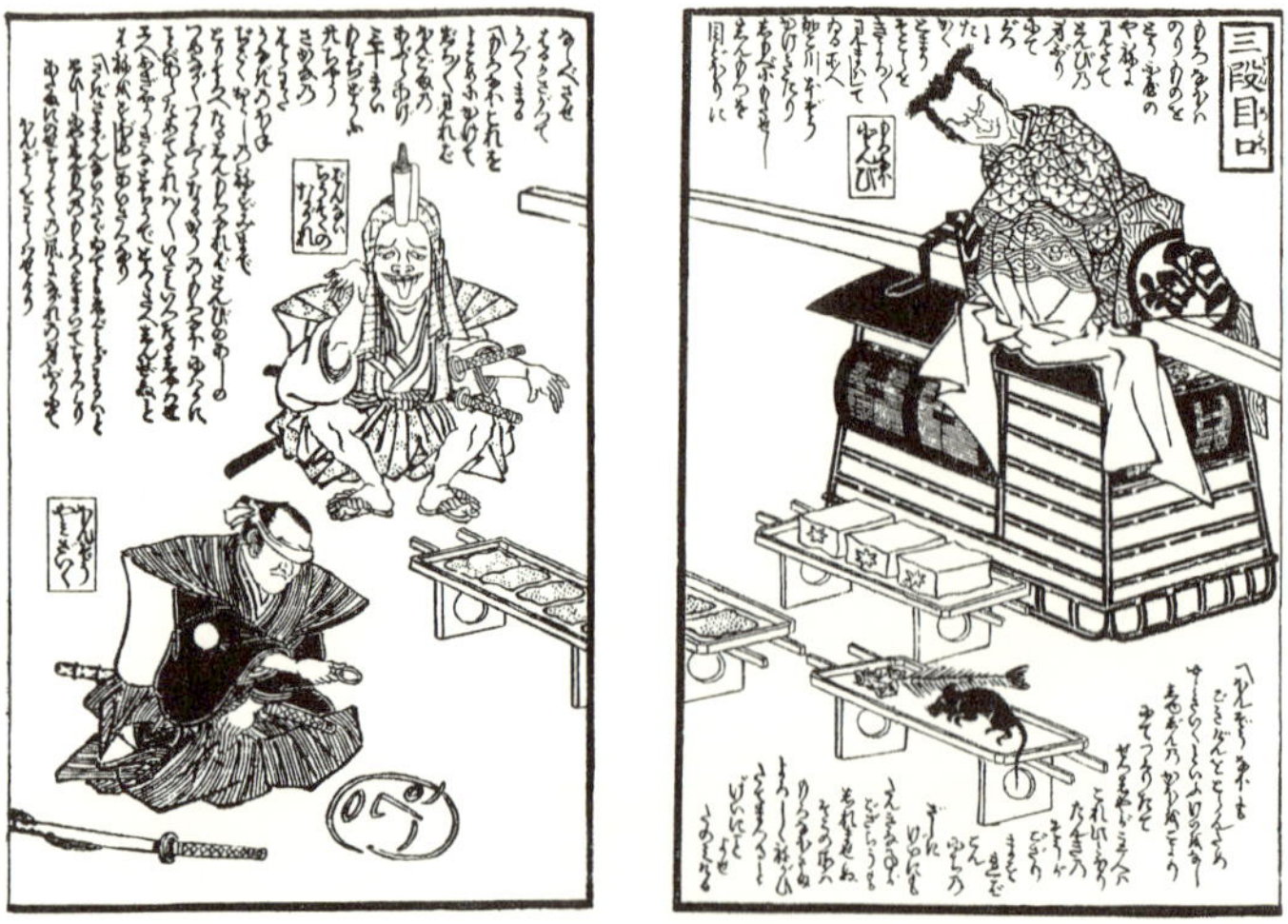

図6　「三段目口」『座敷芸忠臣蔵』（文化7年　山東京伝戯作　歌川豊国戯画）

　珍妙な男たちがそれぞれ『忠臣蔵』の登場人物に扮して、物まねや座敷芸をする。それに芝居のさわりをもじった文をつけ、さらに当時の食べものづくしを入れるなど、手のこんだ趣向の絵本である。

　たとえば三段目（図6）。

　賄賂がすくないという高師直の怒りを解いて、お家安泰を計るために家老の加古川本蔵が進物を届けにきたところである。

　駕籠の上でトンビのまねをしていばっている男が師直。

　進物は何かといえば、もみじの葉をあしらった豆腐（もみじは紅葉＝買うようだという）に魚の骨、鼠捕りにかかった鼠、みなトンビの大好物である。

「これはこれは、痛み入ったる幸せ、エヘ、不行儀な。途中でところさえ進ぜぬ」と師直トンビが礼をいう。「お茶さえ進ぜぬ」という芝居のセリフが、トンビの師直だから「とろろさえ」とくる。そのそばで師直の家来の伴内が、進物の目録を巻いて頭にのせローソクに見立てて、珍妙な格好で愛嬌をふりまく。進物を届けにきた本蔵は、目かくしをしてこよりで人の顔をつくる遊び〈闇細工〉をしている。「拙者が主人は、これ此の通り、短気の相がござりますれば、今日の座敷芸にも短気な事がござろうも知れませぬ。そこの所は師直さま、よろしく願い奉る」と頼む。

と、すべてカリカチュアである。

七段目の名場面、おかると九太夫が由良之助の密書を盗み見するシーン（図7）……。遊女たちが引っこんでひとりになった由良之助が密書を読むくだりである。芝居では下座の独吟が「父よ母よと泣く声聞けば、妻に鸚鵡のうつせし言の葉。エエ何じゃいなおかしゃんせ」と唄う。それを京伝は「ぶちよ、赤よと鳴く声聞けば、犬につぶてをうつせし言葉。アリャ狆じゃいな。追わしゃんせ」とスパイ（犬）の九太夫にひっかけて洒落のめす。

密書を読む由良之助は、かわせみの真似をして、嘴（くちばし）をつけた奇妙な仮装で、絵文字入りの密書を読んでいる。なぜ絵文字なのかといえば、京伝の煙草店で絵文字入りの包装紙が大人気だったことが関係している。

芝居では二階にいて酔い覚ましをしているおかるは、かるわざの道具箱の上にのり〈枕の曲〉をしている。四角い木の枕をあやつる曲芸で、見世物の太夫になるための稽古をしているつもり。おかるはその塗り枕に密書の文面を写して読もうとするがどうもうまくいかない。縁の下に見立てたところでは、九太夫をやる男が「犬の歯に、蚤取り眼、なお笑壺」で犬の恰好をして密書を盗み読む（図8）。とまあ、なんとも奇妙なパロディを全十一段にわたってくりひろげる。なかには〈ちょくらちょと〉〈髭わたし〉〈わくかけ〉など、どんなものか見当のつかない十五種の座敷芸が入っているらしい。

人気の『忠臣蔵』と、人気座敷芸とを結びつける趣向で、いってみれば『忠臣蔵』をヒントにしたマンガなのだが、諧謔の凄さが笑わせる。たかがパロディとはいえ、忠義にこりかたまった謹厳の士

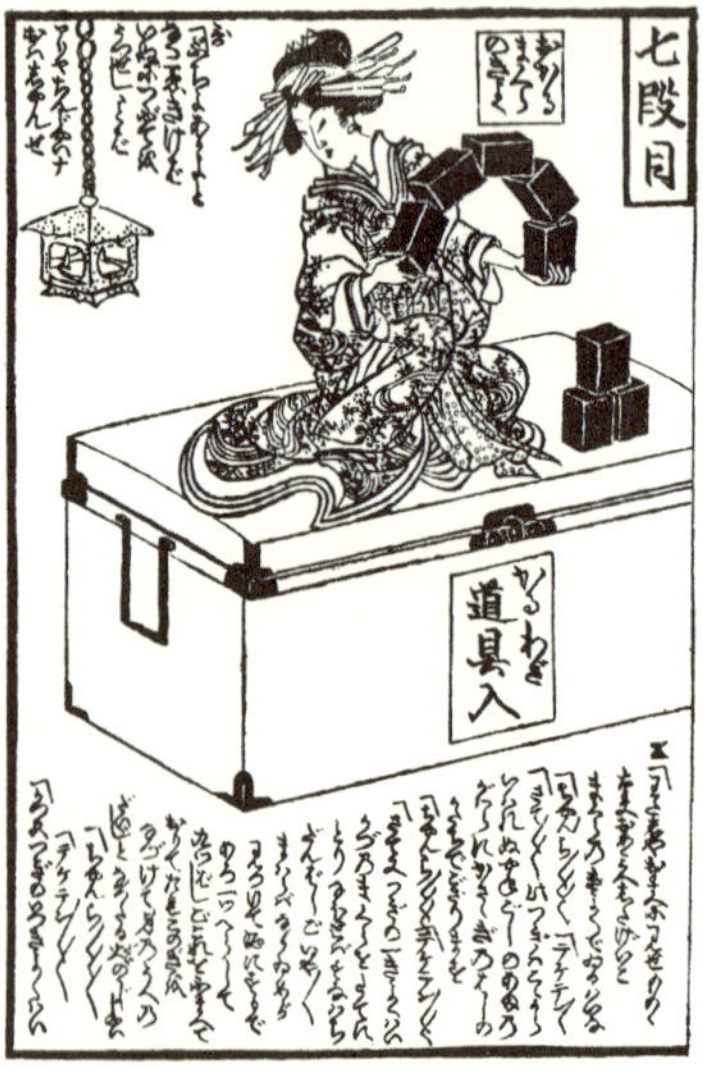

上：図７　「仮名手本忠臣蔵七段目」　早稲田大学演劇博物館所蔵

下：図８　「七段目（中つづき）」『座敷芸忠臣蔵』（文化７年　山東京伝戯作　歌川豊国戯画）

には、笑いのなかに含まれるトゲ、否定性は愉快ではなかったにちがいない。

滑稽はニヒルである。太平の浮世を楽しむ戯作の徒の破天荒な趣向は、「うそ」の自乗は「うそ」だと想像力の算数をしているようなもの。蔵にしまってあった『忠臣蔵』を外の風にあてたようなナンセンスな笑いに、メタファーがあるようなないような……。


風は芝居にも吹いた。


京伝と親交があった南北の師匠、桜田治助は寛政二年に、『忠臣両国幟（ちゅうしんりょうごくのぼり）』という風変わりな忠臣蔵を書いている。

……勘平とおかるの家に不義士の代表格である斧九太夫、定九郎の親子がかくまわれる。父の与市兵衛は娘のおかるを九太夫の妾にして勘平を追いだそうとする。九太夫も敵の師直と通じている不埒な親で、不忠の親を持って悩む定九郎は勘平と計って、親が持つ師直家の門切手（通行手形）を手に入れ、仇討ちを成功させようとする。

つまり親たちが「悪」なのに子らは「善」で、『忠臣蔵』の善悪をわける垣根をくずしてしまった。

南北は、そうした時の流れを敏感に受けとめていたにちがいない。

事件が起きてから百二十年、『忠臣蔵』ができてからでも七十年余り経つ。もともとおかる勘平の世話場は「うそ」、真っ赤な虚構である。その出来栄えがすばらしいので、「うそ」が「まこと」らしくなったのだ。時が経って忠義を詰めこんだ『忠臣蔵』は唯一絶対のものではないとの心理が芽生えてもさほどおかしくない。

さて文政四年の『菊宴月白浪（きくのえんつきのしらなみ）』は、南北得意の「書き換え」ではない。不忠の家老、斧九郎兵衛と斧定九郎の後日談を仕立てた点で、例の未上演のものとおなじ趣向である。

斧父子は、赤穂から逃げてしまい、武士の風上におけないとされた城代家老・大野九郎兵衛と息子の郡右衛門がモデルである。

息子の定九郎は、もとの芝居では五段目に出て、おかるの父与市兵衛を殺し五十両を盗んだあげく、ほんの何分か舞台にいるだけで、暗闇のなか、勘平に猪とまちがえられ二ツ玉で撃たれてしまう。勘平が懐から抜いた財布は定九郎が殺した義父のもので、勘平が殺して盗ったと疑われ、切腹せざるをえなくなる。この六段目の悲劇をお膳立てする役。父の九太夫も一力茶屋にもぐりこんで由良之助が討入りをやるかどうか心底を見きわめる高家のスパイだった。

時は討入りの一年後。

……国もとから逃亡した斧九郎兵衛は江戸の「斧閑居」にいる。もはやお家への忠義だてなどどこ吹く風、放埒気ままな暮らしをおくっている。「斧閑居」とは『忠臣蔵』の大星由良之助が住んだ「山科閑居」（九段目）のもじり。浪士たちの命日なので、樒とゆで蛸を買ってきて仲間と酒盛りをはじめる。ゆで蛸は、殿の命日に由良之助に生ものを食べさせようとした「一力茶屋」（七段目）のもじり、と、もじりもじりで進んでいく。

九郎兵衛が江戸に住まいをもったとしても別におかしくはない。しかし、『忠臣蔵』を知る人には、家老の由良之助のまねを、もうひとりの不忠の家老にさせることが〈おかしみ〉を感じさせる。パロディというメソードの効果である。

ただし、とんでもない不忠者だったはずの九郎兵衛の本心はちがう。もしも四十七士の討入りが失敗した場合、自分が後詰めになって師直を討つ役目を担っていた、とする。しかし討入りが（九郎兵衛にとっては）不幸なことに成功したいまとなっては、後詰めの忠義などといってみてもだれも信じてはくれない。真実は忠臣なのにそれを証明するのは不可能で、不義士という汚名だけが永遠に残ってしまった。九郎兵衛にとってこの世界はまったく無意味なものになってしまった。

父とおなじく定九郎にも忠義心があった、とする。

事件の一年後のいま、塩冶家と高野家（高家）が重宝をそろえて差しだせばお家再興がかなう状況にあるのだが、重宝を改める場の甘縄禅学寺から塩冶家の宝を盗んで逃げた奴がいる。つまり兜改めから進物の場になる『忠臣蔵』のもじりで、またもおなじような事件がくりかえされようとしている。

これもパロディの〈おかしみ〉である。

そこで定九郎は、後継ぎである塩冶判官の弟、縫殿之介(ぬいのすけ)に重宝紛失の罪が着せられようとするのを防ぐため、自分が罪をかぶり切腹しようとする。

リベンジが成功してしまい、生きる意味を見出せないのは定九郎も父とおなじ。主筋の罪をかぶることがせめてもの忠義だと定九郎は考えた。

卓抜な発想である。

これは「書き換え」でも「綯い交ぜ」でもない、南北のオリジナルといってもいいだろう。全体は後日談で『忠臣蔵』のパロディだが、斧父子に南北は独特のポジションを与えた。実説で討入り後の九郎兵衛にはさまざまのうわさがあったようだが、忠義がいまや無意味なものとなり、如何ともしがたい不条理な状況に置かれたすがたは、実存主義が百年も前に出現したような趣きさえある。不条理は高度な滑稽であると何かにあった気がするが、信じるに足る従来の価値が消え去って、虚無のうちにある〈おかしみ〉を南北はするどくえぐりだした。

ここで父子の道は二つに分かれる。

……九郎兵衛は切腹する覚悟で父の家に戻った息子に、いまさらなぜ罪をかぶる理由がある、死ぬなら死ね、と死装束の定九郎（判官切腹のもじり）を酒盃片手に見物する。

しかし、定九郎は切腹すると見せて、見とどけに来た高野家の上使を、突如切りすてる。それが一切が無意味となった世界で生きつづける定九郎の選択である。そのとき頭上に無限の星（大星とかけてある）が輝き、わが身の宿命を感じとった定九郎は盗賊として生きる決意をした。もともと『忠臣蔵』の盗賊だった定九郎が、ここでも盗賊になってしまう〈おかしみ〉。

タイトルに盗賊を示す『白浪』とあるのはこのことである。

定九郎は盗賊・暁星五郎と名を変え、四十六人の不義士たちを手下にして、短刀紛失の罪をきせた高野家一味へのリベンジを誓う。お家が再興したとていまさら何のメリットもないのだが、一切は無であることを知った上での選択である。

一方、父の九郎兵衛は、息子に盗賊として生きるための秘伝の一巻を与えて死を選ぶ。

この発端には、実説にたいするクリティックな一面もある。思えば討入りにくわわらない大多数の藩士たちは不義士の汚名を着せられた。それぞれ一身に事情を抱えていたにちがいないが、何ら弁明のチャンスさえない彼らを南北はお家再興をめざす盗賊の一味として、一種の復権をこころみたともとれる。しかし南北の意図したものは、やはり『忠臣蔵』のパロディであって、『忠臣蔵』を座敷芸にした京伝の遊び感覚の延長上にある。遊びであるからおもしろいのだが、それにしても遊びを超える何かを感じさせるのはウェルメイドな諧謔によるものだろう。

定九郎が名を変えた暁星五郎という盗賊のことだが……。

暁星右衛門という盗賊が実在した。

「文化四年八月十四日に、江戸中引回しの上、品川で獄門になった者がある。これは、揚屋町の引手茶屋、大坂屋たきの後見、喜八四十九歳という者ですが、実は大坂入墨の暁星右衛門という泥坊なので、江戸町奉行根岸肥前守の手で処分されたのであります」（『江戸の白浪』）という。

この星右衛門は本郷に住んで、女房を持ち、妾宅を構え、大勢の女に芸者をさせ、夜稼ぎに出るときは、女房には妾宅に泊まるといい、妾宅には本宅に泊まるとごまかして、盗んだ金は博打で勝ったといいつくろったらしい。

南北は定九郎に、盗賊・星右衛門をかさね、その後追いをさせる。盗賊の名にも大星由良之助を連想させる「星」の一字が入っているのがにくい。

……盗賊となった定九郎は、不義士とともに山名家へ討入り、塩冶家の宝を奪還した。だが高野家の宝の行方はわからない。

定九郎は本所に隠れ家を持ち、遊芸の師匠の看板をかかげ、暁星右衛門のように優雅な暮らしをする。『忠臣蔵』の端役は変貌した。敵の高野家の腰元だった加古川を女房にし、それがもとで勘当され、おかるとも一夜を過ごしたことがあるという立派な「色悪」としての条件を兼ねそなえる。

おかるがあらわれるのは向島の花屋敷の場。そのなりは「派手なる衣裳、女伊達の形り、尺八を差」したすがたで女俠というか女助六とでもいうか。『忠臣蔵』の貞女とは似ても似つかぬおかるである。

おかるは、ある夜、枕を交した男が忘れられず、髪に証拠のかんざしをさして男を探して遊里をさまようち、金かんざしのおかると呼ばれるようになる。男に操をたてるしるしに帯に錠前をつけている。その相手の男こそ定九郎なのだ。

この突飛なおかるに客席は笑いの渦だったにちがいない。

一方、盗賊になった定九郎は、「忠という字は変わらねど、その行きかたは雪と墨」。四十七士とおなじ忠義心はあっても墨のように黒いそれである。行きどころのない忠義心を抱えて、実りのないリベンジを胸に重宝の行方を探す。

生きている人物たちは、『忠臣蔵』の作者が知ったらびっくりするにちがいない変わりようである。

……『忠臣蔵』では定九郎に殺されたはずのおかるの父・与市兵衛は生きていて、なんと勧進坊主。四十七士の菩提をとむらう石碑を建てる勧進にきて、五十両の金を寄進させるが、その正体はかたり癖のある小悪党。

と、これまた想定外のキャラクターになる。

なじみの人物がまったくちがう顔をもつ。パスカルの別におかしくない二つの似ている顔をならべると笑いを呼ぶという格言の逆をいく。

……そこへ直助と権兵衛の二人がくわわる。南北が江戸の巷から拾いあげた悪（わる）である。

享保のころ、深川万年町に住む医者・中島隆碩（忠臣蔵の討入り直前に脱落した小山田庄左衛門との説あり）の下男に直助という男がいた。直助は主人とその妻を切り殺して逃亡したのち、権兵衛という名の男に化けて、麹町の米屋にやとわれた。ところがもとの主人の刀を質入れしたことから足がつき、捕らえられて磔になった。そのとき、日本橋に住んでいた田中近江という人の下男・権兵衛も主殺しで捕まり、鈴ヶ森で磔になった。

二人とも権兵衛で、おなじ日に処刑されたのが南北の諧謔精神を捉えた。

南北はこの直助・権兵衛に類する悪党をたびたび登場させる。『桜姫東文章』の権助もその系統で、役としては芝居をひっぱる小気味のいい悪党である。のちの『四谷怪談』にいたって、この二人はついに直助権兵衛というひとりの男になる。

彼らには血縁がからんで、塩冶と高野という敵味方どちら側の人間なのかが逆転する。おかるに惚れる石屋の仏権兵衛は、はじめは高野の家来の息子三平と思われたが、さいごには斧九郎兵衛の子で、定九郎とは双子の兄弟だとわかる。直助の方は、定九郎の女房・加古川の世話をする塩冶側の人物だったのが、ふとしたことから師直の落としだねだとわかり、殺しをかさねるという具合。血縁によるひっくり返しもまた〈おかしみ〉のメソードである。

『忠臣蔵』のパロディがくりかえしあらわれる。おかるへのつけ文、五十両の金の行方、縞の財布、妹殺し、手をかえ品をかえたパロディがつづく。『忠臣蔵』にくわしい人なら、いったい幾つパロディが入っているのか数えてみればおもしろいだろう。さらに『忠臣蔵』の各場面を、角兵衛獅子、両国の花火、向島の花屋敷、三囲神社など江戸の風物に置きかえる「見立て」で楽しませる。

……重宝を紛失してすがたをくらました塩冶家の世継ぎ、縫殿之助を探して、定九郎が両国のあたりへやってくる。雨模様のなか「髪を乱せし、ものすごき幽霊」があらわれる。あれは女房の加古川ではないかと思う定九郎。その夜は両国の花火で、柳橋のあたり、鉄砲のようにすごい音がして花火が打ち上げられると、角兵衛獅子が雨のなかを走り去る。

花火の音が勘平が放った二ツ玉であり、舞台を駆けぬける角兵衛獅子が猪だ。

パロディを楽しませる芝居の結末などあまり重要ではないが、おかるが仮の夫である権兵衛と暮らす家、階上階下にわかれて寝た夜ふけ、黒装束の盗賊がしのびこんだ。定九郎である。おかるの金かんざしが自身の刀の笄(こうがい)とおなじで、定九郎はあの夜の女だと気づく。奇妙な再会に「ようマア盗みにござんしたナア」と盗賊にすがりつくおかる。その様子をぬすみ見た権兵衛が間男だとせまると、定九郎の返答は「間男ではない盗っ人だ」とふるっている。

家の秋に咲く桜の根元には、たしかに加古川の幽霊の予言どおり「花筐の短刀」が埋めてあった。山名家から奪った「菅家の一軸」とあわせてお家再興のための二品そろったが、来あわせた直助がそれらを奪おうとする立ちまわりのなか、落ちた短冊から、定九郎が深手を負わせた権兵衛が実の弟だとわかる。権兵衛はそのことを承知のうえで、刺されたのだった(『九段目』のもじり)。

このパロディづくし、洒落に目がない江戸っ子すら、評判記で「今少し正真の狂言らしく行ないたいものじゃ」と顔をそむけてみせる。でもその同一人物が「さようではござれど、当時(いま)の人情に叶う事をうがちて、目先を早く取るが作者の気てん」と思いなおす。いったいもとの『忠臣蔵』とは何だったのだろうと思わせるような、すべてを笑いとばすファルス。これこそ緊張と抑圧を吹きとばす当世の独尽湯、『菊宴月白浪』の大当りの理由だろう。

南北は三年後の文政七年にも、正月の恒例である「曽我物」と「忠臣蔵」を、今度は後日談ではなく〈綯い交ぜ〉にする大胆な試みをした。この『仮名手曽我当蓬莱（かなでそがねざしのふじかね）』は『忠臣蔵』の流れにそって、両作の人物を入れこみ、二番目では、深川松本楼での遊興から大詰の討入りまでもっていく。しかし、大筋において南北流のパンチが効いてなくて、実際に筆を執ったのはあるいは他の作者かもしれない。

南北の『忠臣蔵』への挑戦はまだつづく。

十五　事の起こり

文政八年七月、この年、正月から南北は作者たちを引きつれて河原崎座から中村座に移った。立作者になって二十年以上になるが、江戸最古の中村座とは縁がなかった。立作者としてつとめるのは今度がはじめてである。七十一歳になる南北は別格に座り、松井幸三を立作者に、三升屋二三治らの若手まで総勢十二人という作者連中である。

事の起こりは座頭の菊五郎である。夏芝居が終わると、はるか筑前の太宰府まで参詣に行きたいという。江戸を留守にする前の狂言は『仮名手本忠臣蔵』を出すのが尾上家の慣例で、今度もそうしたい……。四十二歳になる菊五郎は、わがままな振る舞いもあるが「一声、二振り、三姿」を兼ねそなえた当代の名優としてだれもが認めるところである。座元は菊五郎の申し出を入れて、お名残り狂言と銘打つ興行を打つことにした。

南北がどう思ったかは微妙である。夏には前々からあたためていた四谷伝説の怪談を出したいと考えていた様子がうかがわれる。すでに草稿のメモぐらいはつくっていたかもしれない。その反面、この数年取りくんできた『忠臣蔵』の世界に、新たにもう一作くわえるのも悪くはない。

文化十二年にすでに亡くなった松緑に恩義がある南北は、息子の菊五郎を支えるためにできるだけのことをしてきたし、それはいまも変わらない。しかし、役者の意向に左右される作者稼業の宿命にあらためて思いを致しただろう。長い作者暮らしで、そうした経験は多々ある。狂言作者は相対的にしかものをつくれない。

一番目に『忠臣蔵』をやるのなら、二番目の芝居を南北が考えることになる。四谷伝説を『忠臣蔵』にかかわりのある二番目にしてみようか。南北の胸中はそんなところだったろう。

あたためていた四谷伝説は江戸に充満している「はなし」のひとつだが、天明のころから講釈などのネタになり、人々の話題の的だった。文化三年に曲亭馬琴が『勧善常世物語（かんぜんとこよものがたり）』、五年に柳亭種彦が『近世怪談霜夜星（きんせいかいだんしもよのほし）』などに取りあげている。

が、芝居になったことはない。

……下級役人である間宮家の娘婿になった喜右衛門が博打（ばくち）に負けて、女房を屋敷奉公に出し、そのあいだに上役の伊藤家の娘を家に入れた。それを知った先妻が嫉妬し、狂気にかられて行方不明になった。その後、怨霊が喜右衛門、伊藤一家、仲人をした秋山ら十八人をとり殺したとするものが、『模文画今怪談（ももんがいまかいだん）』（天明八年）に記されているという。

また、別の「はなし」もある。

……四谷左門町の組屋敷に住む田宮伊織という同心が病にかかり、貧しい家ながら存続させるため、浪人の伊左衛門を娘・お岩の婿にした。お岩はあばた面で、片方の目が不自由だった。伊左衛門は、秋山長左衛門の仲人口にのせられ、お岩を下女奉公に出したうえ、上司の与力・伊藤喜兵衛の妾を家に入れるという非道をした。夫が他の女と仲良く暮らすのを目にしたお岩は、嫉妬に狂い、そのまま行方がわからなくなった。伊左衛門はその後、原因不明の病気を長くわずらい、それをお岩のたたりだとする風説がたった。

似て非なる「はなし」がいくつも流布している。もとはひとつの「はなし」が人々の口から口へ伝わるうちにバリエーションがついていったのだろう。

『町方書上』（文政十一年）の「於岩稲荷由来聞上（おいわいなりゆらいのききあげ）」にも、おなじ類の伝説が記されているが、これは芝居の『東海道四谷怪談』がおどろくべきヒットになったあとのもので、時期や人名が芝居と酷似しているのが怪しいとされる。

四谷伝説が『忠臣蔵』と結びつく必然性はないが、わずかに、伝説は元禄十五年の十月ごろ起きた出来事だとする説（妙行寺の過去帳）がある。仮にそうであれば四十七士吉良邸討入りの二ヶ月前で、『忠臣蔵』と時期がぴたりとあう。これとて「うそ」か「まこと」か神のみぞ知るである。

芝居の初日が近づいたころ、町の要所に貼りだされた辻番付には、つぎのようなキャッチフレーズがうたわれていた。

「御贔屓よりの御好に任せ、古き世界の民谷何某妻のお岩は子の年度、妹の袖が祝言の銚子にまとう嫉妬の朽縄、それも巳年の男の縁切、然も媒(なこうど)に直助が、三下り半の去状は女の筆のいろは仮名、いま流行の出雲が作へ無躾も御指図故に書添し、新狂言は歌舞伎の栄」（郡司正勝『鶴屋南北』）。

少々読みづらいが、このフレーズを書いたのは南北自身かあるいは作者グループのひとりか、いずれにしろ細部はぼかれていて、完成した芝居の内容とは微妙に食いちがう。台本が完成する前、南北がまだ手を入れている最中につくられたものではないだろうか。

「お岩は子の年度、妹の袖が……」のフレーズは、民谷という男が女房のお岩を離別し、妹のお袖と祝言しようとするので、嫉妬にかられたお岩の執念が二人につきまとう、と読める。男をめぐって争う清玄尼と花子に似た姉妹の葛藤の「はなし」が南北の念頭にあったようだ。

発想が姉妹の「はなし」なのは、『四谷怪談』を考える上で見逃せない点である。

思えば姉と妹というモチーフをこれまで南北はくりかえし芝居にしてきた。

『心謎解色糸』は、それぞれの宿命に生きる糸屋の姉妹を半四郎が二役早替りでつとめた。『謎帯一寸徳兵衛』のお梶、お辰は幼いころ生き別れた姉妹で、これもやはり半四郎の二役。『杜若艶色紫』

の土手のお六と八つ橋も生き別れた姉妹で、半四郎の二役。

半四郎に二役早替りさせる趣向から南北の姉妹のモチーフは出発している。江戸の名女形がいたからこそのものだった。

ところが『隅田川花御所染』になると、姉の清玄尼は半四郎だが、妹の桜姫はよね三で、別の役を別の役者がつとめる。二役早替りではなくなった。役として分離した姉妹は、その分、役どころがくっきりして役の性根も色分けされる。

もともと江戸は男社会だから姉妹に焦点をあてた芝居は多くない。女が表に立つことがすくなく、劇的な局面をつくるのが困難だったからだろう。

南北が入門したばかりの安永六年、のちに『心謎解色糸』のもとになった『本町育浮名花婿（ほんちょうそだちうきなのはなむこ）』が大ヒットしたのが思い浮かぶ。その翌年に師匠の治助が、大名に身請けされる花魁・高尾太夫と累を姉妹にした『伊達競阿国戯場（だてくらべおくにかぶき）』を出したが、いかにもお芝居じみた組み合わせの姉妹である。町なかのそこかしこにいるような姉妹が、芝居に登場する人物として現実性をおびるのは南北になってからだろう。

『四谷怪談』のお岩お袖の姉妹はその延長上にある。

余談だが、南北自身にも年上の女房お吉とのあいだに二人の娘がいた。

作者の修業をはじめたころ、すすめられて三代目鶴屋南北の娘、お吉と夫婦になってから、すでに三十年の時が流れている。すでに述べたように、上の娘は向島の料亭の主、武蔵屋権三のもとに嫁いだ。そこは烏亭焉馬らが「咄の会」をはじめて開いた場所でもある。下の娘は狂言作者をめざす若者を婿にとった。南北が立作者になったころから、その下で修業している亀山為助（のち勝兵助）である。

南北の姉妹には、あるいは自身の二人の娘が影を落としているかもしれない。芝居の役づくりにそうした私小説的な発想はないのはむろんだが、諧謔に富む南北のことで「うそ」と「まこと」の姉妹の境遇をかさねて、ひそかに楽しむウィットがあってもおかしくない。

これはまあ冗談である。

芝居が近づくといつものことで町に怪しげなうわさが流れた。座で打ち合わせをしていると、座敷の障子が音もなく開き、閉めてもまた開く。となりの座敷で何やら大きな音がしたので見に行くと、不思議なことに立てかけてあった琴の糸が残らず切れていた……。

むろん常套手段の風評流し。

仕込み中の七月十三日のこと、南北は三升屋二三治を伴って菊五郎宅へ出向いた。「色悪」に役者としての情熱をもっていた菊五郎だが、このころには女形のお岩をやることがすでに決まっていたようだ。お岩が主体であるケレンの仕掛けについて説明するために訪れたのだった。

「その時、梅幸（菊五郎）お岩の戸板返しの仕掛けもの、いくらいっても呑みこまず。よって南北いろいろ話をした後、懐より紙にて細工したる戸板返しの小仏小兵衛の人形とお岩の人形をそこへ出して、紙の戸板の上の方に一つの穴有り、高足の土手の張りものこの穴へ首ばかり入れて、お岩の死骸にはこもをかけ、毛を顔へかけて顔を抜けさせ、伊右衛門戸板を返せば、後ろに小平の胴、細工物にしてある。首はかの穴より、小平の菊五郎、顔を出し両手を入れて出し、薬を下さいという。戸板返しの早替りに、梅幸（菊五郎の俳名）のみ込んでびっくりせしとぞ」

文脈からいって三升屋二三治が同席したものかどうか多少の疑問もあるが、そのときの回顧である。仕掛けはひとりではできない。役者が舞台でやるのも大道具、小道具らスタッフの協力があってのこと。この〈戸板返し〉（図9）のアイデアも、南北の息子・坂東鶴十郎が、尾上松緑から聞いたアイデアを記憶していたともいわれ、大道具の長谷川勘兵衛らの協力ではじめて実現したものらしい。菊五郎が一度聞いただけでは理解できなかったように、まったく新しいものだった。〈水中早替り〉以来、南北の芝居に仕掛けのケレンはかかせない。

ちなみに息子の鶴十郎は天明元年に生まれ、菊五郎とは竹馬の友だった。南北を引きたてた坂東彦三郎の門下に入り役者となったが、文化十二年頃、役者をやめてからは直江屋重兵衛と称して、深川仲町に妓楼を営むという派手な転身をした。が、芝居とは縁が切れなかったようだ。とくに仕掛けを編みだす才能にすぐれ、半四郎の『お染の七役』の早替りにも鶴十郎のアイデアが入っているという。

親父ゆずりの機知と工夫にめぐまれていた。

のちには作者鯛蔵となり、南北が一世一代と銘打った最後の芝居、『金幣猿嶋郡』では、二代目勝俵蔵と名のって立作者をつとめたが、そのわずか一年後に亡くなる。

南北が持参した紙の模型による説明で、〈戸板返し〉の仕掛けをのみこんだ菊五郎は、初日の前から「この芝居は当る」と予言したという。

まだ栄三郎だったころから南北の芝居に出ている菊五郎は、夏芝居の〈水中早替り〉をはじめ数々のケレン芸を体験している。

髪の毛を引きむしって、その毛を握ると血がしたたり落ちる。ガマの背が割れて徳兵衛が出現し蛇を遣う。湯上りの化粧をする女に髑髏を突きつけると、顔にあざが残る。行燈から出た幽霊がすっと壁へ入り消える。閉めてある戸を通り抜けて中へ入る。ろくろ首が欄間を伝ってするすると二階まで伸びる。

こうしたケレン芸を、台本に書かれた以外に自身で工夫することもあった。

「菊五郎化物の大道具は作者に構いなし。梅幸（菊五郎の俳名）は我が好みゆえ大工と相談して、さらに手はかからずなれども、作者は間抜にて、かわりもの作者の方から長谷川に聞いたりしておしえられる」と二三治は回想する。

『東海道四谷怪談』砂村隠亡堀の場。戸板返しの仕掛け。

図９　「古今大当戸板かえし」 早稲田大学演劇博物館所蔵

作者の知らないうちに仕掛けの工夫が代わっていることもあった。

いまでは〈戸板返し〉とともに有名である『四谷怪談』の〈提灯抜け〉や〈仏壇返し〉は初演のときにはなく、再演以後に追加されたものである。以前からある似たような仕掛けに工夫をかさねて、お岩の幽霊の出没がダイナミックになっていった。

以前、スタジオに仕掛けを組んでもらって撮影したことがあるが、〈提灯抜け〉は後ろに大きな箱のようなものがついていて、お岩の役者がうつ伏せに入っている。それをすうっと押し出すと、提灯からお岩が出てくる。天保二年の舞台から使われたという。

〈仏壇返し〉は車の輪に乗っているお岩を、車を廻して仏壇から押し出したとき、客席から見れば、もとの仏壇とおなじ絵がはめこまれる仕掛けがある。お岩の幽霊が壁の中へ消えるのは、後ろに水車のような仕掛けがあり、飛び込んだ幽霊をその上に乗せるように廻す。

これらは主に大道具が担当する仕掛けで、『四谷怪談』には〈ねずみ〉や〈蛇〉のように小道具が担当するものもたくさんある。

江戸の芝居人はケレンの芸に知恵をしぼった。それは見世物やからくり人形の仕掛けに刺激されて発展したが、不可能だと思われる不思議を舞台上で可能にして見せる芸である。〈宙乗り〉〈早替り〉などが、空を飛ぶ、あるいは変身といった人間の願望と深くかかわっているのは明白である。今日でも〈宙乗り〉があれば、観客は別の席に移動してまでひと目見ようとする。たんなる仕掛けとわかっていても「うそ」が「まこと」に映る。役者が身体的な危険を冒して演じるのに感動をおぼえ、夢の実現を見る。

南北の芝居はケレンの芸と切り離せない。近代になってから写実風の芸が至上とされ、ケレンの芸はよりレベルが低いと見なされた傾向がある。しかし江戸の芝居はそうではない。見世物好きでケレンの魅力を肌で知っている南北は、ケレンが夢の実現であり、いかに人の心をつかまえるかを熟知していた。

『忠臣蔵』と関連づけた姉妹の「はなし」にケレンの仕掛けをふんだんに入れた怪談が『四谷怪談』である。

芝居の骨格ができあがり、準備が進む。しかし、新作であり、新奇な趣向に富む舞台づくりにかなりの時間と労力を要した。夏芝居のはずが、初日が七月二十六日（『歌舞伎年表』）までずれ込んだのはそのためだろう。

菊五郎は姉のお岩、塩冶浪人の佐藤与茂七、小仏小平の三役を早替りでつとめる。

残虐非道な「色悪」、民谷伊右衛門を団十郎。

妹のお袖を、半四郎の息子、岩井粂三郎。

小悪党、直助権兵衛にベテランの松本幸四郎。

狂言回しの役、按摩宅悦を、大谷門蔵。

という配役である。

さて、台本が完成したのはよいが、『東海道四谷怪談』は五幕の芝居になっていた。一番目の『仮名手本忠臣蔵』だけでまる一日かかる。それにこの二番目を付けると、とてもその日のうちには終わらない。

そこで一日目に『忠臣蔵』の前半を六段目までやって、『四谷怪談』の前半を付け、最後に討入りを付ける。二日目（後日）に両方の後半をやってまた討入りを付ける、という変わった案が浮上した。これは苦肉の策というより、南北はもともと確信犯だったにちがいない。『四谷怪談』が五幕では長すぎることなどはじめからわかっているはずである。

『忠臣蔵』の場面が、山崎のおかるの実家から祇園一力茶屋、山科の由良之助閑居と京都付近へ移る合間に、江戸で起きる『四谷怪談』を挿入しても矛盾がない。また二日に分けての上演には、後半を見たい客が二回にわたって足を運ぶという利点がある。そうしたことを踏まえて、座元以下幕内の納得が得られるという自信があってのことだろう。

南北流である。

堺町の通り、中村座の櫓には大きな凧が結ばれている。女の生首が振袖をくわえている奇怪な絵柄。芝居の通ならずっと以前、市村座の櫓に上がった女清玄の凧を思い出したことだろう。あの『隅田川花御所染』から早くも十一年になる。

幕を開けた一番目『仮名手本忠臣蔵』と二番目『東海道四谷怪談』は、期待にたがわず、連日の大入りが続いた。これまで数々のヒット作を生み出してきた南北だが、それらを凌ぐ爆発的な人気である。またたく間に江戸の隅々まで行きわたる話題となり、たぶん『仮名手本忠臣蔵』に匹敵する大ヒットを生んだ。直接の引き金は、お岩の幽霊や数々のケレン芸にあったが、江戸の下層に生きる人々の抑圧をみごとに描いている点で、また美徳とされた『忠臣蔵』の裏面をえぐり出した点で、社会的事件といえるほどの反響を呼んだ。

興行は中秋の九月十五日まで続く。

十六　浅草連続殺人事件

あらためていうが『東海道四谷怪談』は、二番目の芝居である。だからといって一番目の『忠臣蔵』と関連していなければならないという理由はない。本来は合わせて一日の芝居だが、すでに独立した二番目も上演されるようになっていた。しかし、南北は『忠臣蔵』と密接にかかわる怪談を選択した。関係のないものをいかにおなじ箱に入れるか、しかもたんなる「吹寄」のメソードにとどまらず、表の『忠臣蔵』と怪談を融合させるのが、腕の見せどころだった。

したがって、ほとんどの人物たちが『忠臣蔵』との関わりをもっている。

塩冶浪人の四谷左門と、その娘のお岩お袖。

お岩を女房にする民谷伊右衛門も塩冶浪人。

お袖のいいなずけ佐藤与茂七、それに討入りをめざす奥田庄三郎、小汐田又之丞、赤垣伝蔵ら、実説と似た名前を持つ家中の侍。

伊右衛門に殺される小仏小平は小汐田の小者、お袖に横恋慕する直助は奥田庄三郎の父に仕えていた小者で、彼らも塩冶家との縁がある。

敵側では、お岩に毒薬を飲ませる伊藤喜兵衛は高野家の家老である。

端的にいえば、大星由良之助以下の浪士たちが血判の誓いをたてて敵討ちの策を練る裏で、江戸市中にいた敵と味方。その日の糧にも困る浪人たちや、なかには敵討ちなどどうでもよく、生きるのに精いっぱいの不忠の浪人。彼らも人であるからには生きなければならない。南北の視線は、お家断絶後の浪人という社会的存在に向かった。

この浪人たちの小世界と、江戸の巷に埋没しそうになっている姉妹を結んで、怪談と『忠臣蔵』を関係づける諧謔的作業をした。

……お岩お袖の父、四谷左門は忠義の藩士だが、その日その日の暮らしのために物乞いをするまでに落ちぶれている。

ある日の浅草、民谷伊右衛門は、土地の乞食どもに縄張り荒らしだと乱暴されている男に行きあい、何がしかの金をやって乞食どもを追い払うが、見れば義父の左門である。義父ではあるが、左門は伊右衛門が結納金に藩の公金を使ったのを知り、女房のお岩を引きとってしまった。復縁させてくれと頼む伊右衛門を「親でも舅でもない」と冷たくはねつける。

容姿のいい「色悪」の伊右衛門が義父を殺してやろうと思うのはそのときである。伊右衛門もその日暮らしで仇討ちどころではない。

妹娘のお袖は、悲惨な境遇に落ちた父を助けるため、昼は浅草観音境内の楊枝店、夜は浅草・藪の内の地獄宿と呼ばれる売春宿につとめている。

そのお袖に、国もとにいるときから惚れているのが薬売りの直助。口説いたもののいいなずけのあるお袖は聞く耳をもたない。

辻番付のお岩お袖はこのような境遇にある姉妹である。キャッチフレーズのようにじかに姉妹の確執が起きることはなく、舞台上で顔を合わせることさえ、浅草裏の田圃道、ただ一回きりである。

お袖　はいはい、御免なされて下されまし。心のせく者にござります。

お岩　や、そなたは妹。

お袖　おお、姉さんかいな。

おまへ、まあ、あだななりをしていやさんす。殊に夜ぶかといい、ただの身でもないのに、冷えては悪いじゃござんせぬか。そうしてなんぼわかれて居ればとて、夫のある身で、お前はいやしい辻ぎみの。

お岩　あ、これ。なるほど、朝夕貧しいくらしをするゆえ、そのように思やるももっとも。又わしが、このようなものをかかえているゆえ、そう見ゆるはずじゃが、さっきに内をでるとき、すこしぱらついたゆえ、からかさはなし、それでこれを。
まあまあ、わしよりはそなたの身の上、おやしきにいる時より、与茂七といふいいなずけがありながら、このごろ聞けば、あじなつとめとやらに出やるといの。

お袖　ええ。

お岩　なんぼ貧しい暮らしをしても、武士の娘。あろう事か。とさあ、おもてむきではいわねばならないが、そこをいわれぬわしが身も、ありようはそなたの推量のとおり、いやしいわざを勤るも、年よったととさんが、貧苦のうえにわしらへ気がね。げんざい娘の兄弟にかくして、毎日浅草の観音さまの地内へ出て、一銭二銭の袖乞なさるといの。

姉のお岩は菰（こも）を抱え手拭で顔を包んだ夜鷹のなり。伊右衛門の子を宿している。地獄宿につとめる妹のお袖は「あじなつとめ」を姉からとがめられる。
浅草裏田圃の路傍は、落ちぶれた姉妹が出会う悲哀の空間である。お家断絶という事態で庶民よりもひどい身すぎ世すぎへと追い込まれた。二人の胸にあるのは、父のため、いいなずけのための思いである。
この出会いの直後に事件が起きる。

……道端で見つかったのは、姉妹の父・左門と、お袖のいいなずけ・佐藤与茂七の亡骸である。与茂七は顔を削がれているが、着衣からそれと推断される。

姉妹は親と恋人をおなじ刻限おなじ場所で失った。悲嘆にくれ、心中するしかないと思う二人の前に、近くで様子をうかがっていた伊右衛門と直助があらわれる。「色悪」の伊右衛門と「実悪」の直助である。伊右衛門が義父を殺し、直助が佐藤与茂七を殺すという連続殺人は、姉妹の色模様から起きたのであり、『忠臣蔵』のおかる勘平の色模様が間接的に影を落としている。

犯人たちもまた塩冶浪人とかつて藩士に仕えていた小者。仇討ちなど心中からどこかへ飛び去った人間である。二人はそれぞれの相手に敵を討ってやるとなぐさめ、お岩は伊右衛門とよりを戻し、お袖は直助と仮の夫婦となる。むろん姉妹は犯人がだれなのかを知らない。

伊右衛門と直助は殊のほかうまくいったなりゆきに顔を見あわせ、舌を出す。

殺しを見ていた乞食どもに、伊右衛門が抜き打ちをあびせ、

「敵討ちと婚礼の門出の血まつり」

「かりそめながら祝言の」

「これがすなわち色直し」

嘯(うそぶ)きとも洒落ともつかぬセリフを吐き、死骸を眼前にしたお岩お袖が、

「なみだの盃」

「さんさんくどい」（三三九度）

と苦い嘆きの祝いごとで泣きくずれる傍らで、「色悪」と「実悪」がヨヨイのヨイと指で締める。

このあと「はなし」はお岩とお袖のそれに枝分かれする。

復縁したお岩が伊右衛門と暮らす浪宅は、雑司ヶ谷の四谷町。いまの豊島区雑司ヶ谷霊園のあたりだろうか。江戸の水道の水を取水した神田川が近くを流れている。

お岩が死ぬまでのいきさつはよく知られているが……。

……産後の病でふせり、復縁した伊右衛門に邪見にされ、生疵さへたえず、はりのむしろに座っているようなお岩の毎日。「非道な男に添とげて、しんぼうするもととさんの、かたきをうって貰いたさ」。

伊右衛門の「色悪」の本性は、となりの屋敷に住む敵方の高野家の家老・伊藤喜兵衛から使いがきて、お産の祝いと血の道の妙薬なるものを届けてきたことからあらわれる。塩冶浪人の伊右衛門に祝いものを贈るについては、喜兵衛のもくろみがある。孫娘のお梅が容姿端麗な伊右衛門に惚れているのである（序幕に浅草観音でお梅が伊右衛門を見染めるくだりがある）。

伊藤家へ礼に行った伊右衛門は、喜兵衛からお梅との縁組をせまられる。女房のある身と断わるが、喜兵衛は不意に「わたしを殺してくだされ」といい出す。孫娘かわいさのあまり「面体かわる毒薬同然」の薬をお岩に届けた。女房が醜悪な面相になれば、愛想がつきるだろうと思った。

目の前に小判をつまれた伊右衛門は、高野家への推挙を条件にお梅と夫婦になることを承諾してしまう。金と出世（それも敵方へのつとめ）に自分を見失った。

四谷伝説が下敷きになっているのは、一目瞭然である。

……伊右衛門の留守のあいだに、ふと、髪にさした鼈甲の櫛が落ち、お岩は不吉な予感に囚われる。めまいがして伊藤家からきた薬を飲んだ。するとにわかに苦しくなり、わが子の介抱すらできなくなる。留守を頼まれた坊主の宅悦がお岩と赤ん坊の世話で右往左往する。

伊右衛門は帰宅するや、祝言の金の工面に形見の櫛や蚊帳まで持ちだし、金をやるからお岩と不義をしろと宅悦を強迫する。それを理由にお岩を追いだす算段である（口絵参照）。ところがお岩を手込めにしようとした宅悦は、逆に白刃で立ちむかわれ、ついすべてのいきさつをしゃべってしまう。

裏切りの一切を知ったお岩が鏡のなかの自分と対面する〈髪梳き〉。

先刻飲んだ薬のため、気づかぬうちに容貌は見るも無惨なものに変わっていた。髪の毛がごっそりと抜け血がしたたる。

騒ぎのなかで白刃が刺さり、お岩は死のうとも「一念とおさでおくべきか」と覚悟を示す。冥界を漂うお岩の魂は、さっそく大きなねずみとなってあらわれ、猫を食い殺す。

帰宅してお岩の亡骸を見つけた伊右衛門の前にも「薄どろどろにて、大きなるねずみ出でて、抱き子のきる衣をくわえてひき、又候、ねずみ出て、くだんのねずみの尾をくわえ引く。だんだんと数万のねずみつながり」……。

辻番付にある子年生まれのお岩、その手先はねずみである。

この場について南北は一度ならずお岩役の菊五郎と相談をかさねたようだ。初案では〈髪梳き〉はなかったのだが、菊五郎のつよい要望があって入れたと伝えられる。

「死ぬ時に見物に心を入れさせて置かねば、幽霊ばかり出ても怖くなき事なり」と菊五郎はいう。お岩の恨みの表現に〈髪梳き〉は欠かせない。

お岩の幽霊は『四谷怪談』の最大の諧謔だろう。

不思議を可視化しなければならない芝居では、幽霊という存在を見せるための工夫が、定着している。

登場するときは〈寝取〉と呼ばれるヒュードロドロの鳴物で、〈漏斗〉という白布の着付である。幽霊に足がないのは円山応挙の絵からそうなったといわれるが、魂の存在であることの象徴だろう。「幽霊は民俗の詩」とする言葉なども身体の束縛から放たれた精神の自由さを感じさせる（口絵参照）。

しかしお岩は幽霊としても常識破りである。

この世にあったときの不自由さは嘘のように消えて、縦横無尽に動きまわり、おとなしくしていない。幽霊は夜出るのがふつうなのだが昼夜を問わず出没する。

お化け＝妖怪と幽霊は別もののはずなのに、かぼちゃのお化けになってみせたりもする。「山に山姥、海に牛鬼、川に河童」といわれるように、お化けはいたるところにあらわれ災いをなす非人間的な存在。一方の幽霊は死んだ人間が、恨みを抱く相手にのみ災いをなすのだが、お岩の幽霊はそんなことには無頓着である。「民谷の血すじ、伊藤喜兵衛が枝葉をからさん」という主体的な決意をもち、リベンジに挑む。この敵討ちは、『忠臣蔵』の浪士たちが敵討ちに艱難辛苦するのにくらべると、スピーディにいとも簡単におこなわれ、優雅でさえある。伊右衛門の祝言の夜に、相手のお梅に乗りうつり、あっという間にお梅と喜兵衛を殺した。それも伊右衛門の手でやらせる。

これまでの幽霊のようなネガティブな存在からかけはなれ、生きている人間とほとんど変わらない営みをするのがこの南北的幽霊である。

……お岩は浪宅の押入れに押し込められていた小仏小平という男と戸板の裏表にくくりつけられて川に流される。小平はやはり塩冶浪人に仕えているが、主人の病を治すため伊右衛門の妙薬を盗みに入って捕まり、一計を案じた伊右衛門が、小平をお岩の密通の相手に仕立てた。

戸板は神田川を下り隅田川を横断して、江東に広がる運河に入って、三ヶ月ほどもかけて深川砂町のあたりへ流れつく。時空についてとやかくいうのは野暮というものだろう。

およそ百日後、深川に近い砂村隠亡堀(おんぼうぼり)の淋しい夕暮れどき。

のんびりと釣竿を肩にしてやってきた伊右衛門は母のお熊と出会った。息子が女房を殺したとの悪いうわさがたっており、お熊は卒塔婆をたてて息子が死んだと見せかけ、さらに立身させるために高野師直直筆の墨付けなるものを与える。そのいきさつを見ていた伊藤家の後家・お弓は、伊右衛門に川へ突きおとされる。「色悪」の悪事はかぎりがない。

暮れなずむ川面を戸板が流れてくる。

伊右衛門にとって見おぼえのある戸板である。戸板を引きあげると、お岩の怨霊があらわれる。おどろいて「お岩お岩、これ女房。ゆるしてくれろ、往生しろよ」

お岩は伊右衛門をきっと見つめ、

「民谷の血すじ、伊藤喜兵衛が枝葉をからさん。この身の恨み」

戸板がまわると、今度は川藻をかぶった小平の怨霊が首を出す。

「お主のなん病、薬をくだされ」

伊右衛門が狂ったように切りつけると、怨霊は骸骨と化して水中にばらばらと落ちる。

〈戸板返し〉の仕掛けである。

このくだりには、当時江戸で起きた事件が使われている。

ある旗本の妾と中間（ちゅうげん）が密通して戸板の裏表にくくりつけられて川に流された。南北はそれをお岩と小平に置きかえた。また深川隠亡堀でお互いのからだを結んだ心中死体をうなぎ掻きが見つけた事件もあった。

菊五郎は初演のあとも何度もお岩を演じるが、その恐ろしさは大変なものだったらしい。秋山長兵衛役の坂東善次が「日々狂言にてすることながら、お岩の顔を見れば恐ろしきこと言わん方なく、眼を開きては居られぬ程なり」。

団十郎の伊右衛門が、目の前でお岩に笑われると顔をそむけてしまい、菊五郎に「それでは情うつらず」とたしなめられたともいう。うす暗いローソクの光に浮かびあがるあの奇怪な顔を見せられればもっともである。

あるとき「お化けと幽霊はどう演じわけるのか」と聞かれた菊五郎は「お化けは心易く、幽霊は心苦しく勤むるなり」と答えたという。

しかし、視覚的に強烈な印象の背後に隠れがちだが、お岩は恐ろしさだけではない無邪気な面をもっている。

……大詰の「蛇山庵室」で、かぎりなくお岩の怨霊に苦しめられ、病み呆けた伊右衛門が、庭先のお岩の卒塔婆に手をあわせ回向しようとすると、心火が燃え、白布のなかから子を抱いた産女のすがたでお岩があらわれる。腰から下は血にまみれ、白い雪の上に血がしたたる。この日は『忠臣蔵』の討入り当日で雪が積もっている。

お岩に向かって、

「あざとい女の恨み、舅も嫁もおれが手にかけさせたのも、わがなすわざ。その上、伊藤の後家も娘も水死したのも、死霊のたたり。殊に男子まで横死させたも、根葉をたやさん亡者のたたりか。ええ、おそろしい女めだなァ」と慨嘆すると、お岩は手に抱いた子を伊右衛門に見せる。

何か感じるものがあって伊右衛門が「そんならあの子は亡者の手塩で」育てているのかとおどろき、子を抱きとって「まだしも女房、でかしたでかした。その心ならうかんでくれろ。南無阿弥陀仏……」

するとお岩は仏力を怖れ、両手で耳をおさえる。

伊右衛門と幽霊の対話には南北流の妙な〈おかしみ〉さえあるが、何とまあ人間らしい幽霊だろう。呵責ないリベンジの遂行のなかで情を失っていない。

この場の冒頭には「夢の場」と呼ばれるくだりがついている。

……七夕の夜、鷹の行方を見失ったひとりの侍が田舎家を訪れ、お岩という美しい在所娘を見染め、二人は蛍の飛びかうなか結ばれる。この一刻の恋は、その侍こと伊右衛門が「お岩と申たる妻もあったが、いたって悪女、ことにこころもかたましい女じゃゆへに、りべつして」と衝動的にでたらめの告白をする。いかにもその場主義の「色悪」らしい言動で、そのとたん「あの月影のうつるがごろく、月はひとつ、かげはふたつも三つ汐の、岩にせかるるあの世の苦言を」とお岩の怨霊が娘にたたり、「うらめしいぞえ、伊右衛門どの」と恨みの執念を見せる。光景は一変し、伊右衛門はお岩の思うがままに翻弄される。

となるが、これは伊右衛門とお岩の間柄を描くのに、南北が書き落とせなかったくだりだろう。夢とは伊右衛門がお岩にたいして抱いていた夢であり、本来、そうであってほしいと願った希求だとされる。そうでなければ在所娘がお岩である必要がない。悪に没入しながらも一面、人間らしい弱さを併せもつ「色悪」の性根がよく現われている。お岩も伊右衛門の気持がほんとうは純粋だと知りたかった。ところが過去の女房の悪口をいいたてたために、幽霊の本性を出す。

……お岩は最後に、ねずみどもを先頭に秋山長左衛門を締め殺し、伊右衛門の母お熊、養父源四郎もあの世へ送るが、この雪の日、伊右衛門を討つのは討入りを前にした浪士の佐藤与茂七（生きていた）であって、お岩ではないのが暗示的である。

『四谷怪談』は『菊宴月白浪』のようなあからさまなパロディではないが、『忠臣蔵』と相対させながらオリジナルな「はなし」をつくる巧みさは、より深いパロディ精神から発現しているといえよう。幽界のサイバー人間となったお岩に、四十七士のリベンジと似たようで異なり、かけはなれているようでかさなる私的なリベンジを実現させた。南北がお岩に託したのは、表の『忠臣蔵』を幽霊に実現させることだった。人が身分や血縁、衣裳や装身具にいたるまでぎこちなく身にまとっているメカニックなものを排除し、幽霊を自由なサイバー人間に仕立てたのが南北の諧謔である。

十七　深川の悲劇

南北が住まいを深川へ移したのは文政になってからだと思われる。それまでは本所亀戸に住み、亀戸の師匠と呼ばれていた。多くの作の舞台とし、晩年の居宅にしたのが深い愛着の念を抱いていた深川である。

深川は海辺の漁師の村であり、諸国との舟便の発着地だったが、市中からは隅田川を隔てた川向うにあるため不便な土地だった。富岡八幡宮の門前町としてより賑わうのは、元禄十一年に橋桁の高い永代橋が架けられ、東西の往来が便利になってからである。

南北が住んだころの深川は、色町が七ヶ所もあり、北の吉原にたいし、辰巳の方角にある深川には、粋と張りに生きる辰巳芸者の独特の気風が育っていた。町を支えるのは、海辺にならぶ米や油の問屋、木場の材木商など商人たちの財力である。その反面、町のはずれには十万坪のゴミ捨て場や火葬場があり、賑わいと寂滅が寄りそうような土地柄で、江戸の辺境ともいえる側面をもっていた。

芝居町に響く三絃や呼びこみの声に囲まれて育った南北は、現世の猥雑な賑わいを好むとともに、彼岸との境界のような土地柄が合っていたのだろう。

南北が住んだのは黒船稲荷の地内、雀の森の植木屋のとなりだという。東京メトロの門前仲町の駅からすこし歩くと黒船稲荷の小さな祠がいまもあるが、当時はもっと広い境内だったと思われる。

南北と親しい絵師の五渡亭国貞も深川に住んでいた。南北の家の様子を描いた挿絵が草双紙『褄模様沖津白浪（つまもようおきつしらなみ）』にある。南北が息子の直江屋重兵衛（坂東鶴十郎）、孫の亀岳、訪ずれた岩井半四郎らに囲まれて、座敷で芝居の相談をしている図である。

戯作者たちとの縁も深い。山東京伝は深川の木場で生まれ、十三歳までこの地で育ち、曲亭馬琴も住んだことがある。

南北にとっては、大島団七の洲崎での殺し（『謎帯一寸徳兵衛』）、お糸左七の料理屋の出会い（『心謎解色糸』）などを描いた思い出深い土地でもある。戯作にも「辰巳南老」「黒船山人」など深川にちなんだ署名をした。文政十二年、亡くなる年には、深川を舞台にした『菊月千種（きくづきちぐさ）の夕映（あかねぞめ）』をつくる。

黒船稲荷から北へすこし行くと、清澄通りに沿って当時の寺町の一部がいまもある。七つ八つ並んでいる寺のひとつが法乗院で、そのそばの三角形の一郭は、「三角屋敷」と古地図にもしるされている。『四谷怪談』で、南北はその地に妹娘のお袖と直助を住まわせた。もともとだれかの屋敷があったのだろうが、直助屋敷とも呼ばれたのは、あきらかに芝居からきている。

深川の水路と南北ゆかりの地

1　寺町と三角屋敷　　2　富ヶ岡八幡宮
3　南北住居　　　　　4　隠亡堀

姉娘のお岩に、父と自身にたいする「色悪」の凶行にたいし、私的なリベンジを果たさせた南北は、妹のお袖にある苛酷な運命を課した。

お袖の「はなし」は、浅草からはじまる。古くから老若男女が集まり賑わっている浅草観音の裏側に、坊主の宅悦が経営する地獄宿と呼ばれる売春宿があった。

……お袖はそこにつとめ、危うい世渡りをした。

売春宿だから客とひとつ床に入らないわけにはいかないのがふつう。しかし客が坊主なら帯も解かずに長談義を聞いてやり、「縁なき衆生は度しがたし」とあきらめて帰るのを待つ。商人なら長居して財布の中身が心配になるころ「あすの夜ごんせ」と追いかえす。侍なら「忠義のため」の稼ぎだと同情を買い、旅人には「年貢のかわりに来ました」と涙を見せ、あの手この手で逃れる。

そんな稼業がよくも成り立つものだが、利口なお袖はその場その場を才覚で何とか切りぬけた。

ある夜、お袖が客と身の上話しをしていると、屏風がたおれ行灯の火が相手の顔を照らした。見ればいいなずけの与茂七ではないか。

「現在亭主がありながら男ほしさのいたずらか」と与茂七がお袖をなじれば、お袖も黙ってはいない。

「こういうところへ遊びに来て、女房と知らずこのわたしに貞女を破らせ、ようもようも抱いて寝ようとさしゃんした」

どちらも釈明に困る状況だが、しかしそこは好いた同志で、行灯が倒れたのが結びの神だと、水入らずの酒となる。

お袖　こちの人。ほんにこよいは夢ではないか。

与茂七　夢ならさめるな。

お袖　おお、うれし

仇討ちに奔走していて会うこともままならない与茂七とお袖の諧謔的な逢瀬を、直助が見ていた。お袖が出ていると聞いて遊びに来たが、「千金万金つんだとて、何の心に従う。浪人でもわたしが好いた心がかわね」とまたもふられた直助は、仲よく連れだって帰るお袖与茂七の道行にあいつを殺してやろうと思う。その結果が裏田圃の殺人だった。

これが南北的浅草風景。浅草の光と闇とでもいおうか、世の人々を救う観世音の裏側に、現世を生きる人のすがたがある。

父といいなずけを殺されたお袖は、敵を討ってやるという直助と仮の夫婦として暮らす。いずれ適当な時期に縁組みする二人が、仮の夫婦として同居するという風習があったかどうかはともかく、たしかなのは一つ寝をせずにともに暮らすという意味である。

……お袖は寺町らしく弔いやお供えの香花をあきない、洗濯物なども引きうける小商いの日々。姉のお岩からは何の音沙汰もなく、いいなずけの与茂七はもはやこの世にないと思っている。

「浪宅」の事件からちょうど百ヶ日たったある日、戸板に縛られた二つの遺体が寺に運びこまれた。古着屋が洗濯に出した死人の着物に、お袖は何となく見おぼえがあり、姉のものではないかという不吉な予感がした。

隠亡堀へうなぎ掻きに行った直助が戻ってきた。殺しの追求をのがれるため、いまは直助権兵衛と名のっている（江戸の悪党、直助と権兵衛が合体した）。

直助が拾ったという櫛も、お袖の目には姉のお岩が持っていた母の形見に映る。櫛といい洗濯物といい、姉の身の上が気にかかる。

仏壇の灯りがなぜか暗く明るくゆらめく。

米代にしようと櫛を質入れに行こうとした直助の足を、盥（たらい）のなかから出た細い女の手がつかむ。ぎょっとする直助。お袖が盥の洗濯物を絞ると水が血に変じていく。「血だらけだ」という直助の叫びに、お袖が思わず洗濯物を落とすと、突如、ねずみがあらわれ櫛をくわえ仏壇の上に供える。

……遠くからあんまの笛が聞こえてきた。

直助が呼びこむとそれは地獄宿の主、宅悦である。地獄宿につとめていたお袖と客だった直助が一つ家にいるので宅悦はびっくりするが、ふと傍らの櫛に目をとめ、お岩が亭主に殺された一件を話した。ところが目の前にいるお袖がお岩の妹だとわかり、あわててその場を去る。

父、いいなずけ、さらに姉まで亡くし、天涯孤独の身となったお袖が「どうしようぞいなあ」と嘆く。直助はこの好機を逃さない。かならず敵を討ってやるとかっこうをつけ、お袖もその情を感じて、直助とあらためて盃を交わし、まことの夫婦となる決心をした。「みさおをやぶって、みさおをたてる私が心」だった。「とうとう、しゅびよく」と本音をもらす直助。

二人は屏風を引きまわし床入りする。

生きていたいいなずけの佐藤与茂七が直助を訪ねてくるのはその直後である。

菊五郎は、お岩、小仏小平、与茂七の三役を早替りでつとめる。浅草境内の場では、小間物屋与七じつは与茂七で、「山じゅうの女がおめえの来るのを、毎日毎日待っているよ」といわれるいい男で、仲間の庄三郎が落とした大事な廻文状を取りもどす。

浪宅ではお岩と小平の早替り。

『忠臣蔵』で大役の由良之助と勘平をつとめ、さらに『四谷怪談』の三役であり、奮闘の一語につきる。隠亡堀では「戸板返し」のお岩と小平のあと、すぐに与茂七に替って樋の口からあらわれ、今度は大事な廻文状を失くしてしまう闇夜の〈だんまり〉を演じる。

……廻文状は直助の手にわたり、代わりに直助の名が入ったうなぎ掻きの柄が与茂七の手に残った。

それを手がかりに三角屋敷を訪ねあてたのである。

呼んでも出てこない直助に与茂七は一計をめぐらし、干してある洗濯物が盗まれるぞと叫ぶ。やっと屛風のなかから抜けだした直助、門口の戸を開け「こなたはたしか」と訪ねてきた男が何者かに気づく。

殺したはずの与茂七が生きている。「幽霊がきた」と仰天した。幽霊、幽霊と騒ぎたてる直助に、「なにわしが幽霊だ。そりゃァ人ちがいだ。わしゃァ、そんなものではない」というのを聞いて、お袖も与茂七の声と似ているのに気づく。顔を見て「お前はほんに、与茂七さんじゃ」とお袖もびっくり。

われを失った直助は「そんなら、いつぞや中たんぼで、ばっさりやったと思ったは」人ちがいだったか、と自分の犯行を匂わせてしまう。殺した相手は、敵の目をくらますため衣服を取りかえた塩冶浪人の奥田庄三郎。直助の主筋である。

幽霊を「まるで人間」に仕立てた南北の諧謔は、この場で生きている人間を「幽霊」に仕立てる。

……しかしお袖にとっては絶望的な事態になった。なぜ直助と一緒にいるのかと与茂七に問いつめられて、そばに宅悦が置き忘れた杖があるのをさいわい、直助を「あんまじゃわいの」といいつくろう。

「薬売りがあんまにばけたか」と与茂七。

地獄宿で学習したお袖らしい言い逃れだったが、ばれるのは必定。今度ばかりはごまかしがきかず、お袖は切羽つまった立場に追いこまれた。いいなずけの与茂七が生きていたと知らず、直助と契ってしまった。

居直った直助、お袖はいまは「わしがかかあさ」と強弁する。

何よりも重要な廻文状を返せと迫る与茂七に、直助は「拾わぬ」としらをきる。浪士が敵討ちをたくらんでいる証拠として高野の屋敷へ持ちこんで、金にする腹である。

お袖の「はなし」は悲劇的にはちがいないが、〈とりちがえ〉や〈食いちがい〉の諧謔に満ちていて、悲喜劇といった方があたっている。

この「三角屋敷」が上演されるのは、『忠臣蔵』六段目で勘平が切腹した後である。あやまって定九郎の懐から盗った財布が義父のものだと知れて、父殺しの犯人だと疑われ、切腹をよぎなくされる六段目、すべてが「いすかの嘴」と食いちがう勘平の悲劇。

お袖の悲劇には、勘平と共通するシチュエーションがある。南北は、非道の仕打ちを受けてリベンジに走るお岩と大星由良之助以下の四十七士をダブらせたように、お袖に勘平を重ねたと思えてならない。南北はお袖の「はなし」を六段目の女版にしようとしたのではないか。勘平の忠義はお袖の貞操である。

……進退きわまったお袖は決心を迫られる。「水の流れと人の身は、うつりかわると世のたとえ」と嘆息するお袖。

与茂七が座を立つと直助にささやく。

「いったんお前に大事をたのみ、枕をかわしたうえからは、金輪ならくお前と夫婦に。もし与茂七どのを殺す手引きは」

直助が座をはずすと、

「わたしが親も塩冶さまの御家来なりや、わたしがためにもやっぱり御主人。おためにならぬ直助どの、殺す手引きも御奉公」

と今度は与茂七にささやく。

その夜、行灯の火が消えたのを合図に、たがいに相手を殺すつもりで与茂七と直助が忍びこみ、暗闇のなか引きまわされた屏風の内を突く。たしかな手ごたえがあったのだが、屏風の内にいたのは思いがけなくお袖。

それが進退きわまったお袖の選択だった。

死に臨んで、お袖は与茂七に「恨みを果たそうため、直助どのをちからとたのみ、枕をかわして面目ない」とわび、「未来はおなじ蓮の上」だと最後の言葉をかけた。

ご存じのとおり、お袖がわが身を二人に突かせるシチュエーションは、『平家物語』や『源平盛衰記』にある袈裟と盛遠のそれであり、南北はずっと以前にも『貞操花鳥羽恋塚』で使ったことがある。夫のある身で、盛遠の激しい求愛に迷い、契ってしまった袈裟は、夫を殺すつもりの盛遠に手引きを頼まれ、夫の代わりに寝屋に入って自ら殺される道を選ぶ。

お袖の「はなし」にはさらにもうひとつの付録がある。

死ぬまぎわ、お袖は守り袋の書付にある実の兄にわけを話してほしいと直助に頼む。ところがその兄とは直助のことだった。お袖は四谷左門の養女であり、実の兄と契ってしまった「思えば因果なわしが身の上」である。

二人が兄と妹であるという因果は「水の流れと人の身」の無常観を誘う面があるが、累伝説のような親の因果が子に報い式の宗教的な背景とは異なり、人の運命の不条理をいったものだろう。人それぞれの個が生きる際に身に降りかかる、さけられないエレメントとして描かれる。思いがけない因果に見舞われる「はなし」は、やがて黙阿弥などに受け継がれる。

連日の大入りをつづけた『四谷怪談』は、日延べした九月十五日に千秋楽を迎えた。だれも思いつかないような仕掛けや諧謔を散りばめて、ひそかにほくそ笑んだかもしれない南北が、自作の空前のヒットに驚いたと思うとゆかいである。菊五郎の「当る」予感はみごとに的中したわけである。

大ヒットの余韻から、翌年、菊五郎の名でほとんど芝居の台本どおりの草双紙『名残花四谷怪談（なごりのはなよつやかいだん）』が出た。それは南北の門下である作者・花笠文京が代筆したといわれる。

『東海道四谷怪談』と題された辻番付の姉妹の「はなし」は、以上のようなもので、その視点で見るかぎり、『忠臣蔵』の女版である。戯作に書いたような「はなし」が『四谷怪談』にも生きている。また、過去につくってきた芝居の趣向がすべて縫いこまれているといっても過言ではないだろう。小品の〈おかしみ〉、阿国御前の〈髪梳き〉、小平次の〈幽霊〉、大島団七の〈悪事〉、累の〈たたり〉、数々の生世話の日常など、これまでのあらゆる諧謔が内在する。

その後『四谷怪談』は再演をかさねるが、ほとんどの場合、『忠臣蔵』との関連をはなれ、独自の作として扱われるようになる。姉と妹の「はなし」が一対のものとして扱われず、どちらかが省かれるケースもある。むろん上演時間やもろもろの条件があり、そのことを排するわけではないが、本来の南北の作が『忠臣蔵』に挿まれた姉妹の「はなし」であることを忘れるわけにはいかない。

それでも、舞台だけでなく、映画、テレビでもさまざまに脚色されるのは、怪談としても、そうではない人間模様としても鑑賞に耐えるだけの諧謔とリアリティ、「うそ」と「まこと」のおもしろさがあるからだろう。

十八　最後の諧謔

『四谷怪談』が連日の大入りに沸いているころ、立作者の座を松井幸三に渡して別格に座っている南北は、充足した気分で日々を過ごしていたにちがいない。芝居がかたまってしまえば、付きっきりで面倒をみる必要はない。望外の大ヒットで幕内の雰囲気もこの上なくよい。座元らから、『四谷怪談』と類似性のある作でもうひと山当てたいと声があがるのも当然だった。周囲から背中を押されるように、南北は急いでつぎの作の構想を練った。

三十年も過去にさかのぼって、寛政七年の初芝居が心中に浮かびあがる。そのとき南北は四十一歳。都座の四枚目の作者で、長い修業を経てようやく作者の仲間入りをしたくらいの時期だった。立作者は並木五瓶といい、上方から三百両という大金で招かれた人である。タイトルが『五大力恋緘（ごだいりきこいのふうじめ）』、五瓶の名作のひとつに数えられる芝居である。

「五大力」とは、菩薩がもつ五つのパワーのことで、芸者がなじみの客などに送る手紙の封じ目に「五大力」としるし、無事に届くよう祈ったものだという。辞典にも記されているから当時はポピュラーな言葉だったようだ。

……薩摩藩の侍、笹野三五兵衛が芸者の小万に惚れた。が、小万は三五兵衛を嫌って、遠ざけるために仲間の源五兵衛に仮の恋人になってほしいと頼む。この見せかけの恋がほんものになり、二人は相愛の仲となってしまった。恨みに思った三五兵衛の悪だくみで、源五兵衛はお家を追われ、お家の重宝を盗んだ疑いをかけられる。小万は恋人のために真偽を探ろうとし、どうやら三五兵衛が盗んだらしいとわかる。ところが小万も三五兵衛の策略にはまり、源五兵衛にいつわりの縁切りをした。その証しに三味線の裏皮に書いた「五大力」を「三五大切」と書きかえる。敵の三五兵衛に誓いをたてたのだ。それを知った源五兵衛は怒り狂い、ついに小万を切り殺してしまう。

だれにとってもわかりやすい合理的な「はなし」で、上方で上演されたとき評判になった。五瓶の芝居は書いた当人とともに街道筋を下り、南北がつとめていた座で江戸を舞台にした新しい「はなし」に生まれかわった。深川を舞台に書きなおされて、江戸世話物の名作に数えられるようになったのだった。

南北は懐かしい思いさえするこの遠い昔の名作を書き換え、老体にむちうって『盟三五大切』を書きあげた。かみかけてさんごたいせつ、と読ませる。『色模様間刈豆』とおなじように外題だけで内容を推察するのはむずかしい。

これも『四谷怪談』とおなじように『忠臣蔵』にひっかけてある。

幸四郎のやる薩摩源五兵衛という侍が、じつは四十七士のひとりで武勇の人、ご存じ不破数右衛門なのである。江戸に入った浪士たちは実説でも敵の目をくらますため変名を用いている。数右衛門の変名は八左衛門だった。松の廊下の刃傷が起きる数年前、数右衛門はいろいろと問題があって、百日の閉門を命じられたのだが、自ら退身して浪人となり江戸にいた。事件が起きてから大石内蔵助とともに殿の墓前へ参り、そこで討入りの一党にくわわるのを許されたといういきさつがある。

『四谷怪談』が九月十五日に終わると、『盟三五大切』が早くも二十五日に幕を開けた。わずかな期間につくられた「二番目の芝居」である。

南北の不破数右衛門は深川に住んでいる浪士。

忠義一徹ながら遊びにも長け、深川芸者、妲妃（だっき）の小万に入れあげている。架空の「はなし」だが、実説のいきさつをふまえてのことで、『四谷怪談』の与茂七とおなじく、いかにも人間臭い忠義の士に仕立てた。「うそ」と「まこと」の境目を行く切れ味のいい遊び感覚である。

……源五兵衛は芸者に惚れたばかりか、仇討ちのための大事な金を失くし、穴埋めに百両を叔父から借りた。その金を芸者の小万にまんまと巻きあげられる。与茂七といい源五兵衛といい、どうも世事では頼りがいのない、その辺で見かける男と変わりがない浪士であるところに南北の視座がある。

船頭の三五郎という亭主がある芸者の小万は腕に貞節を誓う「五大力」の彫りものをしている。この「五大力」ということばの前に「三」の字をつけ、「力」を「切」と書きかえると「三五大切」となる。『五大力恋緘』のさわりとおなじで、船頭の三五郎は文字を「三五大切」と細工し、策略に使う。三五郎は、父から恩を受けた人のために百両の金を都合するよう頼まれていた。侍の源五兵衛が小万に入れあげているのに目をつけ、その金を出させる魂胆だった。

小万の「五大力」の彫りものは自分のためだと思いこんでいる源五兵衛は、金がないと別の客に身請けされるという小万の言葉を信じて、大事な百両を貢いでしまった。が、みごとに裏切られる。「五大力」はいつのまにか「三五大切」に変わっていた。

怒った源五兵衛は、小万三五郎を殺そうと深川の住み家に忍びこんだあげく、闇の中で無関係な人間を五人も殺めてしまう。当の小万三五郎は源五兵衛に気づき、危うく逃げのびた。

二人は父の恩人に報いるため金をつくろうとしたのだが、その恩人とは源五兵衛その人だったという落語じみた「はなし」である。

百両の金が堂々めぐりする「はなし」を『忠臣蔵』の外伝のようなかたちにしたこの作を、戯曲としてのまとまりから、南北のいちばんの傑作だとする説がある。

序幕の隅田川沖で、三艘の舟が行き交う風情に満ちた情景描写にはじまり、源五兵衛の五人斬り、小万三五郎が住む家の大詰まで全体が洗練されていて、理解しやすい合理的な「はなし」になっていて、現代の劇団が上演したこともある。

南北の諧謔が大詰の「四谷鬼横町」にある。

……源五兵衛にねらわれた三五郎と小万は四谷へ引っ越す。そこは『四谷怪談』の伊右衛門とお岩が暮らした家で、お岩の幽霊がいまだに出るという趣向がついている。

「そのような化け物の出る内へ、引き移ってもようござんすかえ」と心配する小万に、「よくなくって、そこは又、鎌わ奴（かまわぬ）を始めたおれだわ。幽霊、化け物、面白い。コレ、深川に居ると、借銭手合いが降る程来て苦しめるが、それよりも化け物の方が、余っ程気がきいているの」。

「鎌わ奴」とあるのは、その字を柄にした浴衣を団十郎が着て、町の流行になったのを受けたもの。この世は浮世、小さなことにかまわず暮らそうじゃないかという、江戸の気分の横溢が人気を呼んだのだろう。

「はなし」の〈おかしみ〉を、作者自身が楽しんでいるようである。自分も楽しめるからこそ芝居の客を楽しませられる。

諧謔は南北にあり、なのだがあらためて諧謔とはいったい何か、と考えさせられる。

辞書によれば「おどけておかしみのある言葉。気のきいた冗談」また「上品なおかしみや洒落」とある。英語のユーモアにちかい言葉として理解されているようだ。

しかし、南北の諧謔はとても上品とはいえない。品格など気にしない。「人を傷つけない」ともあるがそれも気にしない。ただ、ことをいかにおもしろく構えるかだけに気を配る。何より気にするのは、おもしろさを江戸の人々と共有できるかどうかである。自身や役者が楽しめてこそはじめてそれが可能になるだろう。

諧謔にはことの本質を隠してしまう側面もあるのではないかという論者もいるだろう。たしかに狂言作者や戯作者が、「まこと」をヴェールの背後に押しやって、諧謔への道をひたすら走ったのは、あるいは本心をはぐらかすためだったかもしれない。仮にそういう面があったとしても、彼らは一瞬でも他のすべてをわすれさせ、自分自身や人々をあらゆるメカニックなものから取りもどすはたらきがある諧謔に賭けた。

山東京伝ら戯作者たちが、書きたいことを書いて危ない目にあったのは事実である。それ以前も以後も、諧謔はわが身を守る衣裳であり、存在の基盤だった。戯作者とも感性を共有する南北が、諧謔の向うに隠れているものを明らかにせず、ひたすら諧謔という土壌に遊ぶのもおなじ論だろう。

パフォーミングカルチャーで使われる「笑いをとる」ことは、諧謔の手段としてまず第一にあげられる。人々はなぜそれほどまで笑いを大切にしたのか。江戸の気質だともいわれるが、それはどこからきたのだろう。

笑いには、ユーモア（ブラックユーモア）、サタイア、ファース、といった複雑な色分けがある。各カテゴリーの笑いには、すべて一種の否定性が含まれているのに気づく。人をほめるときに笑いながらほめれば誤解を生むに決まっている。

人にしかできない笑い、ポジティブに笑うこと、笑わせることで得られるものは、閉塞感のカーテンを勢いよく開くことである。笑いには否定性と同時に、心的な壁を破る作用がある。緊張した精神を和らげ、一瞬の自分を取りもどす。しかし下手な諧謔ほどしらけさせるものはないから上手にやる必要がある……。

などと思うとき、諧謔という衣の下に隠れている人々の重い抑圧が見えてくる。それは南北ひとりでなく江戸の人々すべて、とくに町人や下級武士が抱えていたもので、それを解き放つために諧謔はあったのではないか。南北は若年から肌身でそれを知っていた。「過ぎたるもの」とは諧謔を表現する天賦の才だった。

文化文政の表現は「表面だけを見ていると、それが頽廃文化と見える一面をもっている」といわれる。しかし表面だけを見るからなのであって「その実態は、燃えたぎる江戸町人の生命力の奔騰であり、新しく自由で、まことに独創的な想像力の象徴であって、悪に焦点をしぼってみても、それは悪のカッコよさを見事にデフォルメしたものである。」（『江戸学入門』）。

南北が江戸の「はなし」の土壌からつくりあげた芝居は、荒れ地に植えた苗から実った果実であり、同時代の戯作や浮世絵についても同じことがいえるのではないだろうか。

『菊宴月白浪』から『東海道四谷怪談』を経てこの『盟三五大切』まで、文政の南北は『忠臣蔵』の世界に挑戦してきた。忠義か否かという本来の『忠臣蔵』のテーマは、南北の足跡ではある一定の方向を示していない。忠や不忠をそれぞれの人物たちが背負っているが、そのことはさして重要ではなかった。むしろ忠義だと思えば不忠、不忠だと思えば忠義と見きわめのつかない混乱こそが、南北のベースになっている。血筋によって利害によって敵味方が入れ替わるのもそうだろう。数右衛門や与茂七のキャラクターも、忠義一筋の人がもつイメージからほど遠い。まずは固定したイメージをくつがえし、混乱させる。人物に貼られたラベルをはがし、『忠臣蔵』の世界と遊ぶ、戯れることに没頭するのが南北流である。

池に石を投げ波紋を起こすには〈おかしみ〉の感覚が第一である。それだけでは何かが生まれる保証はないが、ヒットメーカーたり得たのは、感覚的共感者がおおぜいいたからである。この遊びの精神は狂歌や戯作のメソードとおなじで、結果として既定の価値観を紊乱させることになる。南北にかぎらず、価値の紊乱をよぶ感覚はそれだけ既成の秩序が巨大だったからこそ生まれたのだろう。逆説的にいえば、南北という奔放な「過ぎたるもの」を生んだのは江戸の秩序である。しかし、幽霊のようにその壁を突きぬける独創の数々は、まぎれもなく南北自身のものだった。

大当りがあり、不入りがある。沈みかけては浮かぶ芝居の舟は、文化文政の世の中を風に吹かれて進んでいた。どこへという当てはなく、ただじっと留まっていることなく動き、時代を呼吸していた。

芝居は前の時代を「かぶく」ことで生きる。「かぶき」は時代の証明でもある。南北もかぶいた。ただ、かぶくためにかぶいたのではなく、自身の感性をそのまま人々の前に投げ出すことが、南北の「かぶき」である。

紺屋職人の倅で漢籍などに親しまず、無教養だったことは、南北にとって逆に幸いしたのではないだろうか。巷の見聞や流行、あるいは自身の体験に忠実だったことが、世の中が共感できる芝居をつくらせた。

南北の作者暮らしはまだまだつづき、文政十年には菊五郎のために『独道中五十三駅（ひとりたびごじゅうさんつぎ）』を書き、めまぐるしく場面を変えて、東海道を一気に駆けぬけ、十二年には『前太平記』をもとにした中村座の顔見世『金幣猿嶋郡（きんのざいさるしまだいり）』でまたも大当りを飛ばした。一時、直江屋重兵衛と名のって作者稼業から離れていた倅を、勝俵蔵（二代目）として立作者にし、娘夫婦が養子にした鶴屋孫太郎を、四枚目格にすえて、「一世一代」と銘打った芝居をつくった。

これが大南北の最後の作である。

七十五歳になって、さすがの南北も死期が近いのをさとったらしい。ついに冥途へ旅立ったのは、十一月の二十七日である。

最期の地は深川の居宅。

江戸大芝居の狂言作者は、大南北といわれるように功なって静かに大往生したかといえば、そうではない。

死にのぞんで、南北は子弟たちを枕頭（ちんとう）に集め、わが思うところをくわしく記したものがある、あとで開いて見よといって目を閉じたという。「よみ見て是を守れ」ということなので、作者道の秘訣でも書き残した一巻だろうと、そう思って開けてみると箱のなかから出てきたのは、『寂光門松後漫才（しでのかどまつごまんざい）』と上書きした冊子。

「南北略儀ながら、狭もうはござりますれど、棺の内より頭をうなだれ手足を縮め、御礼申上奉りまする。先ずは私存生の間、ながなが御ひいきになし下されましたる段、飛去りましたる心魂にてっし、いかばかりか有難い冷あせに存じ奉りまする」と世の人々に礼をのべ、死出のあいさつをした。

老いぼれた私に、早く冥途へおもむけと仏菩薩に導かれたが、凡夫のあさましさで辞退申し上げていたところ、定められた運命でぜひなく彼地へ行くことになった、とつづく。

ところが一同を驚かせたのはその後。

僧が読経をはじめると、棺がこわれて、なかから南北自身があらわれ、桶をぽんぽんと打ち鳴らしてうたいはじめ、ユーモラスな万歳のやりとりになる。

「何で頓死だ」「ぽっくりごねた頓死だ」などと自らの死を洒落のめす。

一同はあきれて「これぞ最後の滑稽なるべきとて、みそかにわらいてさりぬ」とある（『戯作者小伝』）。

死ぬまぎわまで人を笑わせ楽しませ驚かせる諧謔と縁が切れなかった、いや縁を切らなかった心情が伝わってくる。いついかなるときも諧謔を友とした作者は、最期に自身の死をも諧謔の的にすることで、それをまっとうした。江戸の人々の〈おかしみ〉の精神と死ぬまで一体だった。

死にとうて死ぬにはあらねど御年には
　　御不足なしと人のいうらん

とは狂歌師・手柄岡持の辞世の句だが、南北の心境もそれと変わりのないものである。

年が明けて、天保元年正月十三日、四世鶴屋南北の葬儀が行なわれた。その日、棺をかついだのは十六人の腰衣の所化（しょけ）たち。施主はそろって檜の傘をかぶり、江戸三座の役者がひとり残らず麻裃に威儀をただして参列したという。正本のように綴じた『寂光門松後漫才』が参列者に配られた。寺の門前には茶店をあつらえ酒がふるまわれ、たばこ盆や茶椀などには、すべて丸に大の字、南北家の紋が入っているという念の入れよう。

さぞ江戸下町の感覚にあふれる盛大な葬儀だっただろう。まるで一枚の浮世絵、芝居のひと場を見るようである。

いま墓は本所、スカイツリーのそば、押上の春慶寺にあるが、「過去帳も残されていないし、本来の墓石も、子孫も定かではない。当の南北自身、いっさい自分の出自には触れていない」（古井戸秀夫『鶴屋南北』）。南北が生まれたのが宝暦五年だというのも、亡くなった年と年齢からの逆算だという。

乗物町の紺屋職人・伊三郎に、ひとりの男の子が誕生した記録など、だれも残そうとはしなかった。

エピローグ

たとえば『人間万事嘘ばかり』や『嘘八百万神一座』といったタイトルを見ると、戯作者がいかにポジティブに「うそ」をついたかが察せられる。江戸の「はなし」をもとに芝居をつくった南北も、虚と実がせめぎあう可視的空間を実現することで、人々を楽しませた。

他の狂言作者や戯作者、絵師などにくわえて、不特定多数の人々とのマインドコミュニケーションは、とりわけ五感を開放し、ゆるがせることにある。「うそ」と「まこと」を同居させ、既定のイメージをくつがえし、人を混乱させる。一点に定着しないいわば思考・感覚の彷徨であり、価値の紊乱を招きよせる諧謔である。しかしそれを予定的に期待したかといえば、おそらく何も期待せずにその世界にただ遊んだのだろう。

そこを通過する人には、おなじ気分で無邪気に楽しんだ人もあればあらためて自分の立つ地点を自覚した人もいよう。人はさまざま、江戸の町なかで、人混みにまぎれて立つ南北を巧く描いた絵師がいれば、その存在はよりくっきりと浮かびあがったにちがいない。

その後、今日に至るまで南北の芝居は機会あるたびに上演され、ファンを楽しませてきた。文明開化の世になった明治という時代が、江戸の芝居を古いとして、正しい史観や写実的な演技による新しい芝居をめざしたのは当然のことではあったが、その試みはかならずしも成功したとはいえない。集積した江戸の「はなし」は多くの人を魅了しつづけ、史実どおりであろうがなかろうが、なじんだ「うそ」と「まこと」の旧芝居を人々が忘れ去ることはなかった。

とりわけ大正から昭和のはじめにかけて南北ブームが訪れた。その中心にいたのは市川左団次（二代目）である。左団次は、新歌舞伎の作にも名を残している小山内薫、岡鬼太郎、岡本綺堂や、永井荷風、吉井勇といった当時の作家たちの「七草会」にあと押しされて、南北を熱心に上演した。また歌舞伎だけでなく新派、新国劇も南北をとりあげた。

大正の作家たちの試みは、近代の傾向の反省の上に立つものである。彼らは明治を「かぶく」のに南北を必要とした。戦後にもおなじような現象が起き、そのときも歌舞伎以外に、俳優座、青年座、前進座などが南北を上演した。いうまでもなく昨日までの価値観が一挙にひっくり返った時代である。どうやら前の時代を「かぶく」のに、南北は適した作者らしい。

昭和・平成に、賛否両論を巻きおこしつつ大ヒットした市川猿之助（三代目）の復活通し狂言にも南北の作がすくなからず含まれている。近代の合理至上の芸や、芝居をいつものとおりにやる保守的な状況を「かぶいて」みせたといえよう。

また、今日の時代小説や時代劇などにも、南北の影響を感じることがしばしばある。南北自身が棺桶から飛び出したように、江戸の芝居からはみだした作がいろんなジャンルを彷徨している。

これから先も新しい価値を模索するとき、人々は化政期の江戸の語り部だった南北を、鶴屋のじいさんを思い出し、お呼びがかかるにちがいない。

註釈

一

『伊達競阿国戯場（だてくらべおくにかぶき）』 遊女の高尾太夫は頼兼に身請けされたが、お家の大事と絹川谷蔵に切られる。谷蔵と夫婦になったのが妹の累（かさね）で、姉の怨霊がたたり、頼兼の奥方を苦しめるので、与右衛門と名を変えた谷蔵は累を殺す。伊達騒動と累伝説を題材にした芝居。南北は文化五年に加筆した作を上演した。

二

『伽羅先代萩（めいぼくせんだいはぎ）』 頼兼が遊蕩ののち隠居し、仁木弾正らが幼い鶴千代を亡きものにする悪だくみを計るお家騒動。高尾の吊し切り、政岡のまま炊きなどで有名。安永六年初演。

『新版歌祭文（しんぱんうたざいもん）』 油屋の娘・お染と丁稚の久松の恋を軸に、久松をあきらめるお光の心情などを描いた作。通称「野崎村」「お染久松」。安永九年初演。

『神霊矢口渡（しんれいやぐちのわたし）』 敗将の新田義峯に、矢口の渡しの船頭・頓兵衛の娘お舟が恋をする。お舟は太鼓を打って道を開き、義峯を逃がしてやる。平賀源内が福内鬼外の名で書いた浄瑠璃。明和七年初演。

六

『本町育浮名花婿（ほんちょうそだちうきなのはなむこ）』　糸屋の姉娘・お房の婿となった侍が、かねて通じていた妹娘小糸と再会し、かけおちするが結局、姉は正妻、妹は妾になる。この浄瑠璃『糸桜本町育（いとざくらほんちょうそだち）』を歌舞伎に移したもの。紀上太郎作。安永六年初演。

『近頃河原達引（ちかごろかわらのたてひき）』　親元に戻っている祇園の遊女・お俊を、金を奪った侍を殺した伝兵衛が訪ねてくる。恋仲の二人は心中を決意し、母や姉が涙で送ってやる。通称「お俊伝兵衛」「堀川」。天明二年、初演の浄瑠璃。

『双蝶々曲輪日記（ふたつちょうちょうくるわにっき）』　関取の長五郎と放駒の長吉、二人の蝶々に女や事件をからませた世話浄瑠璃の名作。寛延二年初演。

八

『雙生隅田川（ふたごすみだがわ）』　梅若・松若の双子がお家騒動にまき込まれ、さらわれた梅若は流浪の末に亡くなる。天狗や霊木などの怪奇性を散りばめた近松門左衛門の浄瑠璃。歌舞伎の隅田川物につよい影響を与えた。

『鏡山旧錦絵（かがみやまこきょうのにしきえ）』　加賀騒動を柱に、中老の尾上を局の岩藤が打ちすえる草履打（ぞうりうち）を見どころにした作。

天明二年初演。

九

『仮名手本忠臣蔵』　全十一段の浄瑠璃。寛延元年の初演後まもなく歌舞伎に移された。大序の「兜改め」から「松切り」「進物場・刃傷」、四段目の「判官切腹」までは、史実を「太平記」に移して脚色され、五から七段目は、勘平とおかるを中心とする世話場となる。五段目が「山崎街道」、六段目が「与市兵衛住家」、七段目が「祇園一力茶屋」。八段目の道行「旅路の花婿」、九段目「山科閑居」は大星由良之助一家と加古川本蔵の物語で、十段目が「天河屋」、十一段目「討入り」となる。竹田出雲、並木千柳、三好松洛の合作。

近頃の上演では、「判官切腹」のあとに道行「落人」が入るのが普通。作詞は三升屋二三治である。

十

『切られ与三』　本外題は『与話情浮名横櫛』。お富との色恋で親分に三十四ヶ所の傷を負わされた与三郎が、源氏店のお富の妾宅へゆすりに行く。人気の世話物。三代目瀬川如皐作。

『藤岡屋日記』　神田の古本屋の主人が、文化から幕末にいたる江戸や諸国の世相をしるした本。

十二

『妹背山婦女庭訓』（いもせやまおんなていきん） 皇位をねらう蘇我入鹿の謀反と女たちの恋が大和の伝説を背景に描かれる。全五段の浄瑠璃。近松半二、三好松洛らの合作。明和八年初演。

『式三番』（しきさんば） 江戸時代に儀式的に舞われた「三番叟」で、能の「翁」をもとに翁、千歳が五穀豊穣を祈って踊る。

能**『羅生門』**（らしょうもん） 鬼が現われるとのうわさに渡辺綱が羅生門へ行き、鬼人との格闘で腕を切りおとすが、鬼人は空高く逃げ去る。

『戻 橋』（もどりばし） 渡辺綱が羅生門へ行く途中、一条戻橋で美女に出会う。怪しい女だと見抜かれて鬼女は正体を現わし、綱を大屋根にさらうが片腕を切りおとされる。河竹黙阿弥の常盤津の舞踊劇。明治二十三年初演。

『茨木』（いばらき） 羅生門で切られた腕を鬼が取りかえしにくるというので、渡辺綱は門を閉ざしていたが、伯母が訪ねてきて、やむなく招き入れたところ正体は鬼の茨木童子。腕を奪って逃げ去る。河竹黙阿弥の長唄の舞踊劇。明治十六年初演。

十二

『助六由縁江戸桜（すけろくゆかりのえどざくら）』　吉原で任俠の花川戸の助六がけんかをふっかける。助六とはじつは曽我五郎で、相手に刀を抜かせ、敵が持つ名刀友切丸を探している。助六と恋人の花魁揚巻、敵の髭の意休とのやりとりを軸に見せる一幕。助六の出端は河東節の浄瑠璃で、作詞は金井三笑。正徳三年初演。

『歌舞伎十八番（かぶきじゅうはちばん）』　市川団十郎家の芸を七代目団十郎が制定したもの。今日上演されるものは「助六」「勧進帳」「鳴神」「暫」「毛抜」など。

十六

『東海道四谷怪談（とうかいどうよつやかいだん）』

序　幕「浅草境内」「宅悦住居」「浅草裏田圃」

中　幕「雑司ヶ谷四谷町」「伊藤喜兵衛内」

三幕目「砂村隠亡堀（おんぼうぼり）」

四幕目「深川三角屋敷」「小汐田又之丞隠家」

大　切「蛇山庵室」

鶴屋南北略年譜

年月	名題	座名	年齢	事項
宝暦五年				日本橋乗物町に生まれる
安永五年			22	作者見習となる
安永六年一一月			23	顔見世の番付に、桜田兵蔵の作者名が載る
天明二年			28	この年、勝俵蔵を名のる
天明八年			34	長男が役者・坂東鯛蔵として初舞台
寛政九年				〔金井三笑没〕
享和三年閏一月	世響音羽桜	河原崎座	49	はじめて立作者となる
文化元年七月	天竺徳兵衛韓噺	河原崎座	50	
文化元年一一月	四天王楓江戸粧	河原崎座	50	
文化三年				〔桜田治助没〕
文化四年六月	三国妖婦伝	市村座	53	
文化五年一月	月梅和曽我	市村座	54	〔合巻「敵討乗合噺」〕
文化五年閏六月	彩入御伽艸	市村座	54	
文化五年七月	時桔梗出世請状	市村座	54	
文化六年四月	霊験曽我籬	市村座	55	〔合巻「復讐爰高砂」〕
文化六年六月	阿国御前化粧鏡	森田座	55	
文化六年九月	高麗大和皇白浪	市村座	55	
文化六年一一月	貞操花鳥羽恋塚	市村座	55	
文化七年一月	心謎解色糸	市村座	56	
文化七年三月	勝相撲浮名花觸	市村座	56	

文化七年　五月	絵本合法衢	市村座	56	
文化七年　八月	当穐八幡祭	市村座	56	
文化七年一一月	四天王櫓磬	市村座	56	
文化八年　七月	謎帯一寸徳兵衛	市村座	57	
文化八年一一月	厳嶋雪官幣	市村座	57	この顔見世で四代目鶴屋南北を襲名
文化九年　一月	色一座梅椿	市村座	58	合巻「恋女房讐討双六」
文化九年　八月	解脱衣楓累	市村座	58	未上演
文化一〇年　三月	お染久松色読販	森田座	59	
文化一〇年一一月	戻橋背御摂	市村座	59	
文化一〇年一一月	御贔屓繋馬	森田座	59	
文化一一年　三月	隅田川花御所染	市村座	60	
文化一二年　五月	杜若艶色紫	河原崎座	61	〔尾上松緑没〕
文化一二年　七月	慙紅葉汗顔見勢	河原崎座	61	
文化一三年				〔九月　山東京伝没〕
文化一四年　二月	桜姫東文章	河原崎座	63	
文政元年　二月	曽我梅菊念力弦	都座	64	
文政元年一一月	四天王産湯玉川	玉川座	64	
文政二年　七月	蝶鵆山崎踊	玉川座	65	
文政四年　五月	敵討櫓太鼓	河原崎座	67	
文政四年　九月	菊宴月白浪	河原崎座	67	
文政五年　七月	霊験亀山鉾	河原崎座	68	
文政五年一一月	御贔屓竹馬友達	市村座	68	
文政六年　三月	浮世柄比翼稲妻	市村座	69	〔四月　大田南畝没〕
文政六年　六月	法懸松成田利剣	森田座	69	

文政七年　一月	仮名曽我当蓬莱	市村座	70	合巻「曽我祭東鑑」
文政八年　一月	御国入曽我中村	中村座	71	合巻「成田山御手乃綱五郎」
文政八年　五月	初冠曽我皐月冨士根	中村座	71	
文政八年　七月	東海道四谷怪談	中村座	71	
文政八年　九月	盟三五大切	中村座	71	
文政九年			72	合巻「四十七手本裏張」「女扇忠臣要」
文政一〇年　六月	独道中五十三駅	河原崎座	73	合巻「いろは演義」
文政一一年			74	合巻「裾模様沖津白浪」
文政一二年　九月	菊月千種の夕暎	河原崎座	75	
文政一二年一一月	金幣猿嶋郡	中村座	75	二七日、深川の居宅で亡くなる
文政一三年　一月				一三日に葬儀。押上の春慶寺に葬られる

＊　本書で取り上げた芝居、戯作を中心にまとめた。尚、上演年月は『鶴屋南北全集』（三一書房）を参照した。
＊　関連事項は〔　〕内に示した。

鶴屋南北とその周辺の人物

紺屋・海老屋伊三郎 ―― 鶴屋南北（四代目）
（桜田兵蔵）
（沢兵蔵）
（勝俵蔵）

鶴屋南北（三代目） ―― お吉

- 長男　役者坂東鯛蔵→坂東鶴十郎→作者勝俵蔵（二代目）
- 娘　向島の料理屋、武蔵屋権三の女房
  その子が絵師・勝田亀岳となる
- 娘　作者亀山為助→勝兵助の女房
  養子の孫太郎が南北（五代目）となる

鶴屋南北とその周辺の人物

影響を受けた人たち　作者　桜田治助、金井三笑、並木五瓶

影響を与えた人たち　作者　松井幸三（二代目）、花笠文京、増山金八（二代目）、三升屋二三治

関係の深い役者　坂東彦三郎（三代目）、坂東三津五郎（三代目）、松本幸四郎（五代目）
尾上松緑（初代）、岩井半四郎（五代目）、尾上菊五郎（三代目）
市川団十郎（七代目）

芝居関係者　大道具・長谷川勘兵衛（十一代目）、清元延寿太夫、金主・大久保今助

同時代の人たち　狂歌師・大田南畝（蜀山人、四方赤良）、戯作者・山東京伝、式亭三馬
絵師・五渡亭国貞（三代豊国）

参考文献

『鶴屋南北全集』全十二巻（鶴屋南北著　郡司正勝ほか編　三一書房　一九七一年）
『大南北全集』全十七巻（鶴屋南北著　坪内逍遥　渥美清太郎編　春陽堂　一九二五～一九二八年）
『大田南畝全集』全二十巻（大田南畝著　浜田義一郎ほか編　岩波書店　一九八五～一九九〇年）
『山東京伝全集』全十七巻（山東京伝著　山東京伝全集編集委員会編　ぺりかん社　一九九二～二〇〇六年）
『歌舞伎年表』全八巻（伊原敏郎　岩波書店　一九六一年）
『総合日本戯曲事典』（河竹繁俊編　平凡社　一九六四年）
『歌舞伎事典』（服部幸雄　富田鉄之助　廣末保編　平凡社　一九八三年）
『鶴屋南北研究文献目録』（中山幹雄編著　国書刊行会　一九九〇年）
『江戸学事典』（西山松之助ほか江戸学事典編集委員会　弘文堂　一九九四年）
『作者年中行事』ほか（三升屋二三治　珍書刊行会　一九一五年）
『川柳江戸歌舞伎』（西原柳雨　春陽堂　一九二五年）
『歌舞伎作者の研究』（河竹繁俊　東京堂　一九四〇年）
『名作歌舞伎全集』第八巻（並木五瓶　創元新社　一九七〇年）

『浮世絵大系　写楽』（高橋誠一郎総監修　集英社　一九七五年）
『歌舞伎劇場女形風俗細見』（足立直郎　展望社　一九七六年）
『引札　絵びら　錦絵広告　江戸から明治・大正へ』（増田太次郎編著　誠文堂新光社　一九七七年）
『流行の風俗図誌』（小野武雄　展望社　一九七八年）
『図説日本の古典　京伝・一九・春水』（集英社　一九八〇年）
『鶴屋南北』（古井戸秀夫　近世文芸研究と評論の会　一九八一年）
『鶴屋南北の世界』（小池章太郎　三樹書房　一九八一年）
『江戸学入門』（西山松之助　筑摩書房　一九八一年）
『歌舞伎手帖』（渡辺保　駸々堂　一九八二年）
『座敷芸忠臣蔵』（山東京伝　河出書房新社　一九八五年）
『江戸の想像力』ほか（田中優子　筑摩書房　一九八六年）
『江戸百鬼夜行』（野口武彦　ぺりかん社　一九八六年）
『藤岡屋日記』（藤岡屋由蔵著　鈴木棠三　小池章太郎編　三一書房　一九八七年）
『江戸歌舞伎法令集成』（吉田節子編　桜楓社　一九八九年）
『舞踊手帖』（古井戸秀夫　駸々堂　一九九〇年）
『鶴屋南北論集』（鶴屋南北研究会編　国書刊行会　一九九〇年）

『江戸名所図会を読む』（川田寿　東京堂出版　一九九〇年）
『耳嚢』（根岸鎮衛　岩波書店　一九九一年）
『四谷怪談』（廣末保　岩波書店　一九九三年）
『歌舞伎ファッション』（金森和子　写真吉田千秋　朝日新聞社　一九九三年）
『鶴屋南北』（郡司正勝　中央公論社　一九九四年）
『鶴屋南北の研究』（井草利夫　桜風社　一九九四年）
『百鬼夜行の楽園　鶴屋南北の世界』（落合清彦　東京創元社　一九九七年）
『江戸の白浪』（三田村鳶魚　中央公論社　一九九七年）
『歌舞伎をつくる』（服部幸雄ほか　青土社　一九九九年）
『江戸の見世物』（川添裕　岩波書店　二〇〇〇年）
『江戸芸術論』（永井荷風　岩波書店　二〇〇〇年）
『複眼の奇才　鶴屋南北』（中山幹雄　新典社　二〇〇一年）
『戯場訓蒙図彙』（式亭三馬　国立劇場芸能調査室編　二〇〇一年）
◆そのほか雑誌、論文など多くの著作物を参考にさせていただきました。
◆鶴屋南北の台本は、基本的に『鶴屋南北全集』から抜粋し、読みづらい文字については改字しました。

なお、旧知の本地陽彦、出口孝治、ゆまに書房の山﨑啓子の諸氏に多大のお世話になりました。ここにお礼申し上げます。

参考文献

図6　「三段目口（くち）」『座敷芸忠臣蔵』　文化7年　山東京伝戯作　歌川豊国戯画（江戸戯作文庫『座敷芸忠臣蔵／仮多手綱忠臣鞍／御慰忠臣蔵之攷』、林美一校訂、河出書房新社、1985年）

図7　「仮名手本忠臣蔵　七段目」　早稲田大学演劇博物館所蔵〔資料番号100-0572～74〕

図8　「七段目（中つづき）」『座敷芸忠臣蔵』　文化7年　山東京伝戯作　歌川豊国戯画（江戸戯作文庫『座敷芸忠臣蔵／仮多手綱忠臣鞍／御慰忠臣蔵之攷』、林美一校訂、河出書房新社、1985年）

図9　「古今大当戸板かえし」　早稲田大学演劇博物館所蔵〔資料番号402-0026(A)(B)〕

口絵・図版一覧

口絵　色悪　『東海道四谷怪談』（歌舞伎座、昭和54年９月）
民谷伊右衛門＝市川海老蔵（十二代目団十郎）
お岩＝中村歌右衛門（六代目）〔写真撮影・吉田千秋〕

口絵　悪婆　『お染久松色読販』（歌舞伎座、昭和63年12月）
土手のお六＝坂東玉三郎　〔写真撮影・吉田千秋〕

口絵　幽霊　『天竺徳兵衛新噺』（歌舞伎座、平成元年７月）
小幡小平次＝市川猿之助（二代目市川猿翁）
〔写真撮影・吉田千秋〕

図１　「市村座三階ノ図」　早稲田大学演劇博物館所蔵〔資料番号002-0995～97〕

図２　「初世尾上松助の松下造酒之進　全図」　東洲斎写楽　重文　東京国立博物館所蔵（Image：TNM Image Archives）

図３　『俳優相貌鏡（やくしやあわせかがみ）』　享和四年　浅艸市一著　歌川豊国画　国立国会図書館所蔵（デジタル化資料）より

図４　「岩井半四郎所作事」　早稲田大学演劇博物館所蔵〔資料番号101-7141〕

図５　見立番付　『引札　絵びら　錦絵広告：江戸から明治・大正へ』（増田太次郎著、誠文堂新光社、1976年）

著者紹介

津川安男（つがわ・やすお）

大阪市出身。早稲田大学卒業後、1962年NHK入局。演劇を素材とする中継番組、ドキュメンタリー、連続テレビ小説、銀河テレビ小説などを担当。ドキュメンタリー「雪と炎の祭り」でダブリン国際フェスティバル銀賞受賞。1990年、ドラマ部チーフプロデューサーでNHKを退職。株式会社東京芸術プロジェクト設立。2000年から著述業などに従事する。著書に『徳川慶喜を紀行する——幕末二十四景』（新人物往来社、1998）、『元禄を紀行する——忠臣蔵二十二景』（同、1999）、『歌舞伎いま・むかし』（同、2004）など。現在、公益財団法人都民劇場評議員・企画委員。日本演劇協会会員。

ゆまに学芸選書
ULULA
7

江戸のヒットメーカー——歌舞伎作者・鶴屋南北の足跡

2012年11月30日　第1版第1刷発行

［著者］　津川安男

［発行者］　荒井秀夫

［発行所］　株式会社ゆまに書房

〒101-0047　東京都千代田区内神田2-7-6

tel. 03-5296-0491 / fax. 03-5296-0493

http://www.yumani.co.jp

［組版・印刷・製本］　新灯印刷株式会社

 ISBN978-4-8433-3942-8 C1323

……〝書物の森〟に迷い込んでから数え切れないほどの月日が経った。〝ユマニスム〟という一寸法師の脇差にも満たないような短剣を携えてはみたものの、数多の困難と岐路に遭遇した。その間、あるときは夜行性の鋭い目で暗い森の中の足元を照らし、あるときは聖母マリアのような慈愛の目で迷いから解放し、またあるときは高い木立から小動物を射止める正確な判断力で前進する勇気を与えてくれた、守護神「ULULA」に深い敬愛の念と感謝の気持ちを込めて……

2009年7月

株式会社ゆまに書房